Christine Nöstlinger (1936-2018 in Wien) schrieb für Zeitungen, Rundfunk und Fernsehen. Sie war sozial und gesellschaftspolitisch engagiert und erlangte vorrangig als Kinderbuchautorin international Anerkennung. Ihr Werk wurde vielfach ausgezeichnet, unter anderem mit dem Andersen Award und dem Astrid-Lindgren-Preis. Generationen von Leser*innen hat sie mit ihrem Witz und unkonventionellen Denken erfreut, nachdenklich und mutiger gemacht – eine Kunst, die sie konkurrenzlos beherrschte.

Mehr zu Christine Nöstlinger auf: www.christine-noestlinger.at

www.ggverlag.at

ISBN 978-3-7074-2410-2

In der neuen Rechtschreibung 2006

1. Auflage 2021

Umschlaggestaltung und Illustrationen: Barbara Fisinger
Rezepte v. Elfriede Jirsa
Gesamtherstellung: Imprint, Ljubljana

G&G
Gut für Ihr Kind
Gut für die Umwelt
Farben auf Pflanzenölbasis
Lösungsmittelfreie Klebstoffe
Gedruckt auf FSC-Papier
Hergestellt in Europa

Sein zweiter Fall

Christine Nöstlinger

Pudding Pauli deckt auf

Mit Rezepten von Elfriede Jirsa

und Illustrationen von Barbara Fisinger

G&G Verlag

Inhalt,

in welchem der geneigte Leser einen kleinen Überblick bekommt.

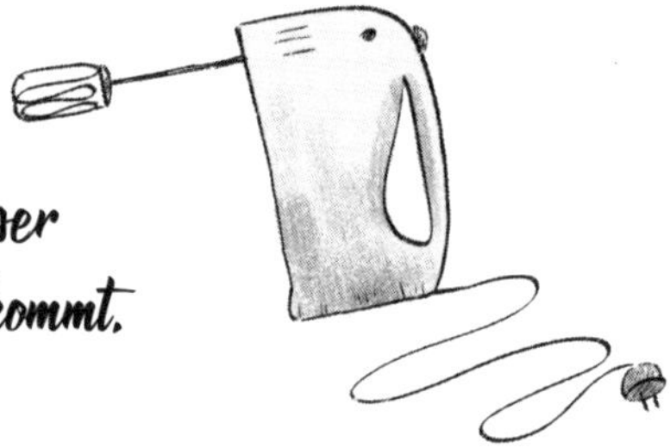

1. Kapitel,

*in welchem Rosis Seele rülpst,
der Dackel Karli noch immer verschwunden ist
und sich die Zufälle häufen.*

Pauli Pistulka, elf Jahre und neun Monate alt, von seinen Freunden Pudding-Pauli oder einfach bloß Pudding genannt, saß hinter seinem Pult in der 3a und blickte versonnen zur Deckenlampe hoch, die vergeblich versuchte, den November-Vormittag zu erhellen. Durch den Boden der Milchglas-Schale schimmerte dicker, dunkler Belag.

„Rosi, da oben ist ein voll belegter Friedhof", murmelte er. „Ein Krematorium für Fliegen."

Die Rosi, sein Pult-Co, nickte und zischelte ihm zu: „Für Selbstmörder-Fliegen!"

„Weil Schulluft sogar die Fliegen depressiv macht", sagte der Pauli etwas zu laut.

„Pistulka, keine Privatgespräche, wenn ich bitten darf!" Der Mag.

Specht, wegen seiner farbenfrohen Kleidung von der 3a Buntspecht genannt, deutete mit dem Tafelzirkel zum Pult von Pauli und Rosi.
„Das war nicht privat, das war eine schulinterne, sogar eine mathematische Anmerkung", sagte der Pauli.
„Und zwar welche?", fragte der Buntspecht voll Interesse.
Der Pauli streckte einen Arm anklagend zur Deckenlampe hoch.
„Seit zwei Jahren schaue ich zu, wie die Fliegenleichen über meinem Kopf mehr und mehr werden. Daher versuchte ich zu berechnen, wie hoch der Belag bei meiner Matura sein wird!"
„Dazu dürfte dein mathematischer Grips nicht reichen", sagte der Buntspecht grinsend, drehte sich zur Tafel und machte sich daran, den Mantel eines gleichseitigen Prismas zu zeichnen.
„Lob fordert eines Schülers Leistung ungemein!", rief der Pauli dem Buntspecht-Rücken zu und die Belegschaft der 3a kicherte.
Der Buntspecht ließ von der Tafel ab und sagte: „Pistulka, komm raus und konstruiere weiter, damit ich eine Chance erhalte, dich zu loben!"
Der Pauli erhob sich seufzend, latschte im Schneckentempo zur Tafel und nahm Zirkel, Dreieck und Kreide vom Buntspecht in Empfang. Bis zum Ende der Mathestunde, die auch den Unterricht für diesen Tag beendete, fummelte er an der Tafel herum.
So ein Dummbauchi, dass er den Mantel eines Prismas nicht hinkriegen würde, ist der Pauli nun auch wieder nicht! Es lag am Tafelzirkel. Der war viel zu locker im Gelenk. Das Teil, in dem die Kreide steckt, flutschte immer weg, wenn der Pauli eine Strecke abschlagen wollte.

Ins Rasseln der Schulglocke hinein sagte der Buntspecht dann: „Pistulka, du hast dich redlich um das Prisma bemüht. Reicht dir das als Lob?“
„Es wird mir den Tagesrest ungemein versüßen.“ Der Pauli lächelte den Buntspecht freundlich an, legte Zirkel, Dreieck und Kreide auf den Lehrertisch, wischte sich am Hosenboden die Finger vom Kreidestaub sauber, wieselte zu seinem Pult und sagte zur Rosi: „Beeil dich, Süße, ich hungere gewaltig!“
„Was gibt es denn heute zu futtern, Pudding?“, erkundigte sich die Rosi, als sie neben Pauli herjappelte, eine Stunde früher als sonst am Freitag, weil Religion ausgefallen war.

Rezept Seite 146

„Grenadiermarsch und Gurkensalat!“, sagte der Pauli. Und fügte, bevor die Rosi zum Motzen ansetzen konnte, hinzu: „Sei froh, dass es überhaupt etwas gibt. Unser Kostgeld-Topf war schon gestern völlig leer!“
Jeden Montag legen die Rosi und der Pauli Geld in einen alten Steingut-Topf. So viel, wie ihre Mamas früher für das Mittagessen im Hort bezahlt haben, und dazu noch Geld für die Pausenbrote. Und der Pauli holt sich jeden Morgen Geld aus dem Topf, um nach der Schule die Zutaten für das Mittagessen und für die morgige Pausen-Nahrung zu kaufen. Aber er kommt nur selten mit dem Geld bis zum Freitag aus. Oft müssen die beiden Mamas ein bisschen Geld nachschießen, manchmal gleicht er das Manko auch mit seinem Taschengeld aus. Ohne dass es die Rosi weiß. Er ist, was Taschengeld angeht, viel besser dran als sie, denn er kassiert dreifach. Von seiner Mama, von seinem geschiedenen Papa und

von seiner Oma. Und zwar von allen dreien nicht knausrig. Doch der Freitag ist eben trotzdem meistens ein „Restl-Tag".
Die Rosi ist nicht besonders heikel. Aber Grenadiermarsch mag sie nicht, und Gurkensalat hasst sie.
„Den Gurkensalat kannst dir schenken", maulte sie also.
Rezept Seite 148
„Esse ich bloß drei Bissen von dem Zeug, muss ich den ganzen Tag lang rülpsen!"
„Das ist rein psychosomatisch!", erklärte der Pauli und sperrte das Haustor auf.
„Psycho-so-ma-was?" Die Rosi rannte hinter dem Pauli die Treppe rauf.
„Deine heikle Seele rülpst, weil sie ein dummes Vorurteil gegen Gurkensalat hat", erklärte ihr der Pauli und öffnete die Wohnungstür.
„Meiner Seele sind Gurken blunzen", protestierte die Rosi.
„Mein Magen hat was gegen sie! Und zwar kein Vorurteil, sondern ein Urteil!"
Der Pauli schubste die Rosi ins Vorzimmer rein. „Okay, okay, du alte Raunzen", sagte er. „Bekommst du halt einen lieben, kleinen Paradeissalat!"
Rezept Seite 149
Die Rosi marschierte schnurstracks in die Küche, setzte sich zum Küchentisch, holte ihr Geometrie-Heft aus der Schultasche und wollte sich dranmachen, die Hausübung zu zeichnen.
„Lohnt sich echt nicht, dass du damit anfängst", sagte der Pauli.
„In spätestens fünfzehn Minuten habe ich das Essen fertig! Ich habe nämlich heute in der Früh schon alles vorbereitet." Er zeigte

auf eine Pfanne auf dem Herd. „Sogar die Zwiebel hab ich schon goldgelb geröstet. Und du könntest die Paradeiser für den Salat schneiden!"

„Du röstest in aller Herrgottsfrühe Zwiebel?" Die Rosi konnte es nicht fassen! „Kein Wunder, dass du dann immer erst beim Läuten in die Klasse keuchst!"

Der Pauli händigte der Rosi vier dicke Paradeiser aus. Die Rosi nahm sie etwas unwillig entgegen und dachte: Bin neugierig, was ich diesmal falsch mache! Sie hilft dem Pauli beim Kochen nicht gern. Egal, was sie tut, immer hat er etwas auszusetzen. Außerdem muss sie ihm auch gar nicht helfen. Denn die Rosi und der Pauli haben seit über einem Jahr ein Abkommen. Er kocht das Mittagessen für sie und versorgt sie mit Pausenbroten, sie macht ihm dafür die Mathe-Hausübungen. Ihre Mamas haben von diesem Abkommen natürlich keine Ahnung. Die glauben, dass die beiden gemeinsam kochen und gemeinsam die Hausübung erledigen.

Der Pauli schaltete die Platte unter der Pfanne ein und holte eine Schüssel voll gekochter Fleckerln, vermischt mit Scheiben gekochter Erdäpfel, aus dem Eisschrank. „Das war heute ein Sonderfall. Über uns ist gerade wer Neuer eingezogen und dieser Irre hat schon ab halb sieben Löcher gebohrt. Da hätte nur ein Stocktauber weiterschlafen können."

Die Rosi hatte sich nicht geirrt. „Mach doch die Scheiben nicht gar so dick!", rügte sie der Pauli. „Und schneide den Stängelansatz gefälligst raus! Den kann man doch nicht essen!"

Die Rosi warf das Messer auf den Tisch. „Dann mach es doch

selber!“, rief sie vergrämt. „Kochen ist schließlich deine Arbeit, nicht meine!“

In der Pfanne auf dem Herd fing es leise zu brutzeln an. Der Pauli nahm einen Kochlöffel, rührte im Brutzelnden und murmelte: „Ang'rührte Leberwurst!“

„Die Köche, die im Fernsehen kochen“, sagte die Rosi, „die rühren nie um! Die heben die Pfanne hoch und schupfen, was drin ist!“

Der Pauli warf der Rosi einen grantigen Blick zu. Wäre er ehrlich gewesen, hätte er sagen müssen, dass er das schon oft probiert, aber leider nie geschafft hat. Doch der Pauli ist keiner, der gern zugibt, dass er etwas nicht kann. Also sagte er: „Das geht mit dieser Pfanne nicht!“

Die Rosi wollte ihn fragen, warum das mit dieser Pfanne nicht gehen sollte, doch da klingelte es an der Wohnungstür. Der Pauli drückte der Rosi den Kochlöffel in die Hand, sagte „Rühr weiter!“ und lief ins Vorzimmer.

Die Rosi legte den Kochlöffel weg, packte den Pfannenstiel mit beiden Händen, hob die Pfanne hoch, versuchte nachzumachen, was die Köche im Fernsehen tun, und schaute entsetzt auf die hellbraunen Zwiebelfäden, die rund um die Pfanne auf die Ceranplatte rieselten.

„Shit!“, murmelte sie, stellte die Pfanne, in der nur noch ein paar Zwiebelfäden im heißen Schmalz schwammen, auf den Herd zurück, schaufelte mit dem Kochlöffel hurtig Zwiebelfäden in die Pfanne zurück und wischte die fettig gewordene Ceranplatte mit einem feuchten Lappen halbwegs sauber.

Kaum hatte sie es geschafft, kam der Pauli in die Küche zurück, und hinter ihm die alte Frau Mader, die Nachbarin vom Pauli. Die Frau Mader hatte rot geweinte Augen.
„Ist denn Ihr Karli noch immer nicht gefunden worden?“, fragte die Rosi voll Mitgefühl.
Der Karli ist der Dackel der Frau Mader. Vorgestern zu Mittag hatte die Frau Mader seine Leine an dem Hundehaken vor der Trafik festgemacht, weil sich der böse Hund der Trafikantin mit dem Karli nicht verträgt, und als sie aus der Trafik rausgekommen war, war der Karli samt der Leine spurlos verschwunden gewesen.
Die Frau Mader schüttelte den Kopf und schnäuzte sich in ein riesiges kariertes Taschentuch. Der Pauli schob ihr einen Sessel hin und erklärte der Rosi: „Die Frau Mader will Plakate an die Haustüren in der Gegend kleben, wo draufsteht, wohin der Karli gehört. Und dass man sie anrufen soll, wenn man den Karli gefunden hat. Ich soll ihr das auf dem Computer machen.“
Die Frau Mader gab dem Pauli einen Zettel. „So hätte ich mir das vorgestellt“, sagte sie schniefend. „Geht das?“
Der Pauli las vor: „Dackel, neun Jahre alt, hört auf den Namen Karli, am 10. 11. von der Trafik Ecke Jagdstraße-Steinstraße entlaufen. Sachdienliche Hinweise erbeten an Marie Mader, Telefon 236 19 60.“
„Ich möcht auch noch dazuschreiben, dass ich einen Finderlohn bezahle“, sagte die Frau Mader. „Wie viel muss man da geben? Weil sehr viel Geld hab ich leider nicht.“ Und dann schnupperte sie und sagte: „Ich glaub, da verbrennt euch irgendetwas!“

„Grundgütiger!" Die Rosi drehte sich zum Herd und zog die Pfanne, in der sich kohlrabenschwarze Fadenwürmer in rauchendem Schmalz ringelten, zur Seite.

„Jetzt ist euch wegen mir das Essen angebrannt", jammerte die Frau Mader. „Was hätte es denn werden sollen?"

„Grenadiermarsch", sagte der Pauli. „Aber das macht nichts. Ich schreib Ihnen jetzt die Plakate und drucke fünfzig Stück aus. Und das Ankleben übernehmen die Rosi und ich auch."

„Dann mach ich wenigstens, wenn ihr nichts dagegen habt, den Grenadiermarsch für euch. Wo habt ihr denn Zwiebel?", fragte die Frau Mader.

Der Pauli brachte ihr das Körberl mit den Zwiebel-Häupteln und die Frau Mader machte sich ans Werk.

Eine halbe Stunde später saßen sie zu dritt beim Küchentisch und mampften Grenadiermarsch, Gurken- und Paradeissalat. Und die Rosi tröstete die Frau Mader.

„Der Karli, der kommt ganz bestimmt zurück", sagte sie. „Die Peggy von der Frau Merny und der Hund vom Herrn Pollak sind doch auch gefunden worden."

„Wann war denn das?", fragte der Pauli.

Die Rosi überlegte. „Die Peggy von der Frau Merny hat sich vorige Woche für ein paar Tage vertschüsst und der Hund vom Herrn Pollak zwei Wochen davor, glaube ich."

„Nein", widersprach die Frau Mader. „Das war nur eine Woche vorher, wie der Hubsi vom Pollak entlaufen ist."

„Schon merkwürdig", sagte der Pauli mit vollem Mund, „binnen

drei Wochen drei Hunde aus derselben Straße! Das ist eine äußerst interessante Häufung von Zufällen!"
Die Rosi spießte das letzte Fleckerl von ihrem Teller auf die Gabel, betrachtete es, als habe sie noch nie im Leben ein Fleckerl gesehen, und sagte warnend: „Pudding, lass es sein, auch gehäufte Zufälle gibt es zufällig!"
Das ist nämlich so: Pauli Pistulka ist fest davon überzeugt, Straftaten zu wittern und Straftäter zumindest so gut wie die Polizei ausfindig machen zu können. Das liegt ihm, behauptet er, im Blut. Und später mal, nach der Schule, wird er Kriminalkommissar oder Privatdetektiv.
„An zufällig gehäufte Zufälle glauben nur die fantasielosen Leute!", sagte der Pauli, stapelte die leer gegessenen Teller und trug sie zur Spülmaschine.
Und wieder eine halbe Stunde später zogen die Rosi und der Pauli los und pickten an jedes dritte Haustor in der Gegend eine „Verlust-Anzeige". Wie viel Geld die Frau Mader dem Finder vom Karli als Belohnung zahlen wollte, stand allerdings nicht auf den Zetteln, weil die Rosi gemeint hatte, „Hohe Belohnung!" mache sich viel besser.
Den Häuserblock, in dem der Pauli wohnt, hatten sie hinter sich, da sagte der Pauli: „Rosi, du kennst doch den alten Karli. Der ist halb lahm, dem muss man schon gut zureden, dass er sich überhaupt vom Fleck rührt. Der reißt sich doch nicht von einem Hundehaken los!"
Dass der Pauli damit nicht ganz unrecht hatte, musste die Rosi

zugeben. Und als sie dann bei der Trafik waren und den Hundehaken vor der Tür inspizierten, musste sie dem Pauli leider wieder recht geben! Das war ein Haken mit einem festen Schnappschloss, von dem konnte sich nicht mal der stärkste Hund losreißen.
„Vielleicht ist die Leine abgerissen, weil sie schon ganz morsch war", sagte die Rosi.
„Red keinen Plunder, Rosi! Die Leine war total in Ordnung. Die war sogar neu." Der Pauli schüttelte den Kopf. „Da war eindeutig ein Hundedieb am Werk. Also könnten wir uns diese Zettel-Kleberei eigentlich sparen."
„Pudding, wer stiehlt denn schon einen alten, fetten Dackel mit Asthma, aber ohne Stammbaum?" Die Rosi wollte einfach nicht an einen Hundedieb glauben. Weil sie keine Lust hatte, mit dem Pauli in der nächsten Zeit hinter einem Hundedieb herzujagen.
„Das werden wir rauskriegen!" Die Augen vom Pauli funkelten vor Tatendrang blitzblau.
„Wenn es unbedingt sein muss", murmelte die Rosi und hoffte inständig, dass der Karli doch noch schnell gefunden wird. Die Rosi liebt den Pauli nämlich. Und tut fast immer, was er will, auch wenn es ihr nicht gefällt. Und Paulis Vorliebe für Kriminalfälle aller Art ist wahrlich ihre Sache nicht.
„Aber die Zettel picken wir trotzdem weiter!", beharrte sie.
„Weil das haben wir der Frau Mader versprochen."
„Ist sowieso besser", meinte der Pauli. „So wiegt sich der Dieb noch in Sicherheit und weiß nicht, dass wir bereits einen Verdacht gegen ihn haben!"

„Genau!", seufzte die Rosi gottergeben und klatschte die nächste „Verlust-Anzeige" an die nächste Haustür.

Nachdem das allerletzte Plakat endlich an einer Haustür klebte, liefen die Rosi und der Pauli hurtig heim, denn die Rosi musste ja noch die zwei Geometrie-Hausübungen machen. Und zwar im Blitztempo, bevor Paulis Mama vom Büro daheim war. Paulis Mama kontrolliert nämlich immer die Mathe-Hausübungen ihres Sohnes. Weil der, seit er ins Gymnasium geht, in Mathematik zwischen genügend und nicht genügend steht. Und es ist ihr, sagt sie oft, „ein wahres, echtes Rätsel", dass er daheim immer alles richtig macht, aber in der Schule dann, an der Tafel, angeblich ein Total- versager sein soll! Das muss, vermutet sie, an seinem Mathelehrer liegen. Der mag wahrscheinlich ihren Sohn nicht, und der spürt das, denn er ist viel sensibler, als er auf den ersten Blick wirkt, und er wird dadurch unsicher und macht Fehler über Fehler. Gute Mamas sind eben so.
Fast hätte die Rosi bei den Geometrie-Hausübungen auch Fehler über Fehler gemacht, denn der Pauli löcherte sie unentwegt mit Fragen zur Peggy der Frau Merny und dem Hubsi vom Herrn Pollak. Wie lange denn die beiden Hunde verschwunden waren, wollte er wissen. Und wie sie wieder zurückgekommen sind? Einfach von selber? Oder hat sie wer gebracht? Und wo denn genau diese Frau Merny und dieser Herr Pollak wohnen? Und ob das kleine oder große Hunde, junge oder alte, sanfte oder bissige sind?

„Was weiß denn ich!“, sagte die Rosi genervt. „Ich habe das alles nur von meiner Mama gehört. Die Frau Merny wohnt bei uns in der Straße, so auf halber Strecke zwischen dir und mir. Und der Herr Pollak wohnt gleich um die Ecke von deinem Haus, den und seinen Hund musst du doch viel besser kennen als ich! Und die Peggy ist ein zittriger Rehrattler, und dieser Hubsi ist irgend so ein Mischling, ein kleiner, zotteliger. Mehr weiß ich echt nicht!“
„Dann krieg es heraus!“, verlangte der Pauli. „Das ist wichtig für unseren Fall!“
„Sehr wohl, Herr Kommissar! Bis morgen habe ich mich kundig gemacht!“, versprach die Rosi und verzichtete darauf, den Pauli zu fragen, was die Peggy der Frau Merny und der Hubsi vom Herrn Pollak mit dem Karli der Frau Mader zu schaffen haben. Und sie schluckte auch tapfer runter, dass der Pauli eigentlich selber rauskriegen könnte, was er so dringend wissen will!

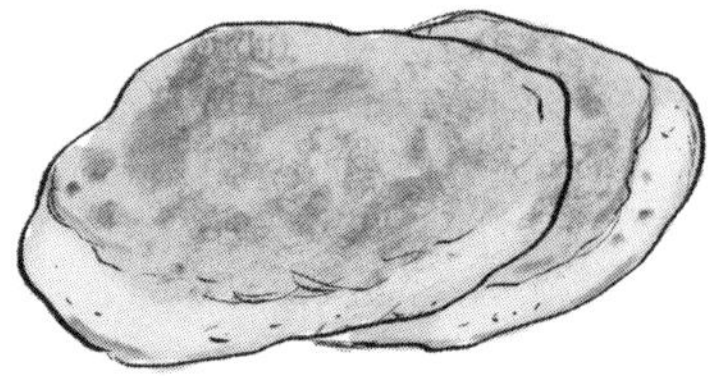

2. Kapitel,

in welchem der Pauli keine Blinis bekommt,
die Rosi Malakofftorte mampfen muss
und Lösegeld ins Spiel kommt.

Lautes Hühnergegacker weckte die Rosi am Samstag in aller Herrgottsfrühe. Das grausige Gekreisch war seit einer Woche der Klingelton von ihrem Handy. Die Rosi liebt es, ihr Handy alle paar Wochen anders ertönen zu lassen. Mal rasselt es wie ein alter Wecker, mal trompetet es eine Melodie, mal kichert es wie ein Lachsack, mal brüllt es los wie die Sirene vom New Yorker Überfallskommando.

Gähnend griff die Rosi aufs Nachtkastl, grapschte sich das Handy und blinzelte aufs Display, auf dem PUDDING RUFT AN stand, und drüber als Uhrzeit 7:01.

Sie drückte das Gegacker weg und stöhnte ins Handy: „Bist du des Teufels? Es ist Samstag und noch nicht einmal richtig hell draußen!"

„Weiß ich doch, Süße!" Die Stimme vom Pauli klang putzmunter.

„Aber der Irre über mir rückt seit sechs Uhr seine Möbel im Kreis herum. Und ich will ja nur schnell wissen, ob du gestern noch irgendetwas erfahren hast."

„Ruf mich um zehn wieder an, ich schlafe noch eine Runde!"

Die Rosi war fest entschlossen, das Gespräch zu beenden. Aber der Pauli schnurrte sanft: „Rosilein, Süße, für die arme Frau Mader ist jede Stunde ohne ihren Karli schrecklich, wir müssen ihr doch schnell helfen!"

Der sanft schnurrenden Pauli-Stimme kann die Rosi nie widerstehen.

„Na gut, Pudding", seufzte sie und schwang die Beine aus dem Bett.

„Bei mir oder bei dir?"

„Gibt es bei dir drüben ein richtig schönes Frühstück?", fragte der Pauli.

„Eher nicht", vermutete die Rosi. „Außer du bringst was vom Bäcker mit."

„Dann komm zu mir rüber", schlug der Pauli vor, „ich mach uns was Schnuckeliges."

Die Rosi wohnt in derselben Straße wie der Pauli, bloß fünf Quergassen entfernt. Rennt man schnell, schafft man den Weg in drei Minuten. Die Rosi zockelte so verschlafen dahin, dass sie dreimal so lang brauchte. Aber der Pauli hatte das Frühstück ohnehin noch nicht fertig.

„Gibt es heute zum Frühstück Erdäpfelschmarren?", fragte die Rosi entsetzt, weil sich der Pauli, nachdem er sie in die Küche geführt hatte, daranmachte, Erdäpfel zu reiben. Auf der Seite vom „Laterndel-Reibeisen", wo die großen Löcher sind.

„Erdäpfelschmarren macht man aus gekochten Erdäpfeln, du Deppenkind“, schnaufte der Pauli emsig reibend, „das sind rohe Erdäpfel. Du kriegst Super-Erdäpfel-Blinis. Und dazu selbst gemachtes Apfelmus!“

Rezept Seite 150

„Toll!“ Die Rosi setzte sich zum Küchentisch. „Dafür lohnt es sich, das Bett zu verlassen! Weil wegen dem bissl, was ich erfahren hab, hätte es sich nicht gelohnt, herzukommen.“

„Berichte“, verlangte der Pauli.

„Also, der Merny-Hund war fünf Tage weg, plötzlich war er wieder da, und meine Mama hat die Frau Merny gefragt, wer die Peggy gefunden hat, aber die Frau Merny hat ihr drauf keine Antwort gegeben, obwohl sie sonst eine Tratschen ist, die jeden dauernd anquatscht!“

Der Pauli stellte zwei Schüsseln auf die Arbeitsplatte, nahm die Hälfte der geriebenen Erdäpfel zwischen die Handflächen und drückte sie über einer Schüssel aus. Als zwischen seinen Fingern kein Saft mehr raustropfte, warf er die trockenen Schnipsel in die andere Schüssel. Dann machte er es mit dem Rest der geriebenen Erdäpfel genauso.

„Und der Hund vom Pollak?“, fragte er, während er zwei Eier am Rand der Schüssel aufschlug und auf die gepressten Schnipsel plumpsen ließ.

„Mit dem Herrn Pollak redet meine Mama nie“, sagte die Rosi. „Über den weiß sie gar nichts.“

Der Pauli rührte den Gatsch ordentlich durch, stellte eine Pfanne auf den Herd, schüttete ein paar Löffel Öl rein und schaltete die Kochstelle unter der Pfanne an.

Dann hielt er eine Hand prüfend über die Pfanne. So testet er, ob das Fett schon heiß genug zum Braten ist. Wenn es seiner Hand, fünf Zentimeter über dem Fett, zu heiß wird, kann er zu braten anfangen.
„Meine Mama kennt auch keinen", sagte die Rosi, „der öfter mit dem Herrn Pollak redet. Der ist angeblich ein Eigenbrötler."
Der Pauli zog die Hand von der Pfanne, klatschte mit einem Löffel Häufchen vom Schnipsel-Gatsch ins Öl und drückte sie mit dem Löffel breit.
„Meine Schwester meint, dass es Hundefänger gibt", sagte die Rosi. „Die stehlen Hunde für Tierversuche von Kosmetikfabriken."
„Dann wären der Merny-Hund und der Pollak-Hund nicht wieder aufgetaucht!" Der Pauli hob mit einer Gabel ein Blini, um zu sehen, ob es auf der Unterseite schon knusprig war. Es war noch zu hell.
„Vielleicht waren sie der Firma, die Tierversuche macht, viel zu alt und viel zu mickrig", sagte die Rosi. „Und drum hat man sie laufen lassen."
Der Pauli deutete auf eine Kanne und sagte, da drin sei Zitronentee, die Rosi solle sich eine Tasse einschenken. Dann wendete er die Blinis mit zwei Gabeln.
Die Rosi schenkte sich eine Tasse vom Tee ein. Kakao wäre ihr lieber gewesen. Aber höflich wie die Rosi nun mal ist, sagte sie das nicht.

Die Rosi mampfte schneller, als der Pauli braten konnte. Zwei Pfannen Blinis hatte sie im Nu verputzt, und schmollte auch noch, als der Pauli die letzten sieben Blinis, die in der Pfanne brutzelten, für sich beanspruchte.

Doch bevor sich der Pauli über den kargen Blini-Rest hermachen konnte, kam seine Mama schnuppernd in die Küche. Sie war noch im Nachthemd und hatte vom Schlaf verwurstelte Haare.
„Reiberdatschi!“, frohlockte sie. „Das nenn ich einen Luxus am frühen Morgen!“
Sie schnappte sich den Teller mit den sieben Blinis und rief: „Aber doch nicht mit Apfelmus! Da gehören saurer Rahm und geräucherter Lachs dazu. Ist nicht noch ein bissl was vom gestrigen Lachs im Kühlschrank, Sohnemann?“

Der Pauli holte entsagend seufzend einen Teller aus dem Kühlschrank, auf dem unter Frischhaltefolie zwei Scheiben Lachs lagen. „Mit saurem Rahm kann ich leider nicht dienen, gnä' Frau!", sagte er.
Die Pauli-Mama war auch so zufrieden. „Täte direkt nach mehr schmecken", meinte sie, als sie den letzten Bissen geschluckt hatte.
„Mehr täte es aber nur geben, wenn es noch Erdäpfel geben täte", sagte der Pauli, schmierte sich ein Butterbrot und kleckste Apfelmus drauf. Dann fragte er seine Mama: „Sag mal, kennst du den Herrn Pollak näher?"
„Na sicher, seit ich auf der Welt bin, also seit vierzig Jahren. Was ist mit ihm?", fragte die Pauli-Mama besorgt.
„Wegen seinem Hund." Näher wollte der Pauli sein Interesse für den Herrn Pollak nicht erklären.
„Den hat er gottlob wieder", sagte die Pauli-Mama. „Wäre eine Katastrophe gewesen, wenn dem was passiert wäre. Er hat sonst niemanden mehr, seit seine Frau tot ist."
„Der ist doch angeblich ein Eigenbrötler", sagte der Pauli. „Und redet mit niemandem."
Die Pauli-Mama schüttelte den Kopf. „Er redet nur mit Leuten, die er mag. Und mich mag er. Mit mir plaudert er immer, wenn er mich trifft."
„Könntest du von ihm rauskriegen, wie das mit seinem Hund gewesen ist?", fragte der Pauli. „Wie er ihn zurückbekommen hat? Und von wem?"
Das, sagte die Pauli-Mama, habe sie vom Herrn Pollak selber schon

wissen wollen. Aber er hat es ihr nicht erzählt. Er hat bloß gesagt, dass es ihn „allerhand Geld gekostet hat“. Das hat sie natürlich gewundert, und sie hat ihn gefragt, wieso das allerhand Geld gekostet hat, doch mehr als „Lassen wir das!“ hat er nicht geantwortet. Und wie sie den Herrn Pollak kennt, würde er ihr auch nicht mehr sagen, wenn sie ihn noch zehnmal fragen würde.
„Warum willst denn das wissen? Hat das vielleicht irgendetwas mit dem Karli von der Frau Mader zu tun?“ Die Pauli-Mutter pickte mit dem Zeigefinger das letzte knusprige Erdäpfel-Brösel vom Teller. „Ist mein kriminalistischer Sohnemann am Ende wieder mal auf Verbrecherjagd?“
Der Pauli gab ihr keine Antwort.
„Keine Antwort ist auch eine Antwort“, sagte die Pauli-Mutter. „Dann wünsche ich jedenfalls viel Glück, bei was auch immer!“
Sie stand auf, erklärte, dass sie das Bad für die nächste halbe Stunde beanspruche, und dampfte aus der Küche ab.
„Jetzt ist ja wohl alles klar“, sagte der Pauli zur Rosi. „Er hat bezahlt, damit er den Hund zurückkriegt.“
„Wem hat er das Geld bezahlt?“ Der Rosi war überhaupt nichts klar.
„Na, dem, der den Hund entführt hat“, sagte der Pauli. „Und ich traue mich wetten, dass es bei der Frau Merny genauso gewesen ist und bei der Frau Mader auch so sein wird.“
Die Rosi meinte, wenn das so wäre, wären der Herr Pollak und die Frau Merny zur Polizei gegangen. Erpresser muss man anzeigen. Doch der Pauli erklärte ihr, dass jemand, der Angst um seinen geliebten Hund hat, das möglicherweise bleiben lässt. Und lieber

das Geld zahlt, als die Polizei einzuschalten. Falls er sich das leisten kann.

Die Rosi war beeindruckt, aber nicht überzeugt. „Und wie kriegen wir raus, ob du recht hast?“, fragte sie.

„Wir knöpfen uns die Merny vor“, sagte der Pauli. „Wenn der Pollak meiner Mama nichts erzählt hat, erzählt er uns garantiert auch nichts. Also musst du dein Glück bei der Merny versuchen!“

„Wieso ich?“, protestierte die Rosi.

„Weil sie näher bei dir als bei mir wohnt“, sagte der Pauli.

Das war zwar so ziemlich das allerdümmste Argument, das die Rosi je gehört hatte, aber sie murmelte trotzdem: „Okay, ich versuche es halt.“ Wahrscheinlich hatten sie die vierzehn Blinis, die in ihrem Magen lagerten, träge gemacht und aller Widerstandskraft beraubt. Aber einfach an der Tür der Frau Merny zu klingeln, um sie sich „vorzuknöpfen“, fand die Rosi zu aufdringlich. Dazu kannte sie die alte Frau nicht gut genug.

„Ich müsste sie rein zufällig treffen“, sagte sie zum Pauli. „Wo kann man denn eine alte Frau am Samstagvormittag treffen?“

Der Pauli hatte keine Ahnung, wo man eine alte Frau am Samstagvormittag treffen könnte.

„Schon komisch!“ Die Rosi räumte das Geschirr in die Spülmaschine. „Ich weiß nicht mal, was meine Omas den ganzen Tag lang so tun.“

„In fünfzig Jahren wirst es wissen!“ Der Pauli schrubbte die Blini-Pfanne sauber. „Sei nicht so zickig, klingle einfach an ihrer Tür und sag ihr, was Sache ist.“

„Jetzt gleich?“, fragte die Rosi.

„Falls dir nicht noch eine Ausrede einfällt, dann würde ich darum bitten“, sagte der Pauli. Und die Rosi seufzte und machte sich brav auf den Weg.

In welchem Haus die Frau Merny wohnt, wusste die Rosi. Es ist ein Haus ohne Gegensprechanlage. Das Haustor ist untertags nicht versperrt. Die Rosi ging von Wohnungstür zu Wohnungstür und suchte nach einem Türschild, auf dem „Merny“ stand. Im Parterre. Im ersten Stock. Im zweiten Stock. Im dritten Stock fand sie es. Richtiges Herzklopfen hatte sie, als sie die Klingel am Türstock drückte. Hinter der Tür fing ein Hund mit Fistelstimme zu kläffen an und eine Frauenstimme fragte: „Was ist denn? Was willst du denn?“

Woraus die Rosi schloss, dass sie von der Frau Merny durch den Türspion beäugt wurde. Sonst hätte die nicht „du“ zu ihr gesagt.

„Ich bin die Rosi Rieder und wohne gleich nebenan, zwei Häuser weiter“, sagte die Rosi zum Türspion rauf. „Es ist wegen dem Karli von der Frau Mader. Dem Dackel. Weil der verschwunden ist. Und mein Freund und ich wollen ihr helfen.“

Ziemlich blöde kam der Rosi ihre Stotterei vor. Aber die Tür öffnete sich einen Spalt und die Frau Merny, mit der kläffenden Peggy in den Armen, musterte sie von oben bis unten und wieder retour.

„Weil doch Ihre Peggy auch wieder da ist“, stotterte die Rosi weiter drauflos. Da ging die Wohnungstür ganz auf und die Frau Merny sagte: „Na, dann komm halt rein, Kleine!“

Ein paar Minuten vor elf Uhr wankte die Rosi aus der Wohnung der Frau Merny. Wer vierzehn Blinis im Magen hat und zwei Stück Malakofftorte hinterherstopfen muss, fühlt sich eben nicht besonders fit. Nichts wie schnellstens heim und ein Stunderl auf dem Sofa liegen und verdauen wollte sie!
Doch vor dem Haustor der Frau Merny wartete der Pauli und rief: „Na endlich! Ich steh mir schon die Haxen in den Bauch und frier mir die Nase ab! Also, was hast erfahren?"
Natürlich hätte die Rosi dem Pauli in aller Kürze Bericht erstatten und hernach heim auf das ersehnte Sofa wanken können. Aber sie fand, wenn ihr der Pauli die unangenehmen Aufgaben aufhalste, dann war es nur gerecht, ihn ein bisschen zappeln zu lassen.
Also sagte sie: „Rausgekriegt habe ich allerhand, aber das erzähle ich dir später, ich hab zwei Stück fette Malakofftorte essen müssen, ich muss heim und abliegen!"
„Darf ich mitkommen?", fragte der Pauli.
Die Rosi nickte und dachte: So gefällt er mir. Schön hübsch höflich und nett, mein Mini-Macho!

Auf dem Weg zu Rosis Wohnung bat der Pauli gut zehnmal: „So red doch schon!"
Doch die Rosi schwieg beharrlich, bis sie im Wohnzimmer auf dem Sofa lag. Dann fragte sie: „Soll ich dir der Merny ihre Kindheit auch erzählen? Und ihre drei Ehen samt zwei Scheidungen? Und von welchem Fressi die Peggy Durchfall kriegt? Oder nur das Wesentliche?"
Der Pauli war für Letzteres. Und die Rosi erzählte ihm – kurz ge-

fasst – Folgendes: Vier Tage suchte die Frau Merny die Gegend nach ihrer Peggy, die vom Hundehaken vor der Apotheke entführt worden war, erfolglos ab. Am Morgen des fünften Tages klebte an ihrer Wohnungstür ein schwarzes Kuvert. Drin war ein Brief, in dem stand, dass sie 300 Euro in eine Zeitung legen und die Zeitung falten und Punkt achtzehn Uhr in den Abfallkübel an der Straßenbahn-Haltestelle vor dem Mini-Maxi-Supermarkt in der Jagdstraße stecken soll. Dann wird sie am nächsten Tag ihre Peggy wiederhaben. Aber wenn sie die Polizei einschaltet, ist ihre Peggy tot! Die Frau Merny tat brav, was in dem Brief verlangt wurde, und am nächsten Morgen war die Peggy wieder am Hundehaken vor der Apotheke festgemacht. Von ihrem Halsband baumelte eine Schnur mit einem Kärtchen dran, auf dem standen die Telefonnummer und die Adresse der Frau Merny. Und der Apotheker rief die Frau Merny an und die holte die Peggy ab.

„Hat sie dir den Brief gezeigt?“, fragte der Pauli.

„Nein, den Brief hat sie verbrannt“, sagte die Rosi. „Dass sie das tun muss, ist auch in dem Brief gestanden. Und unterschrieben war er mit ‚Der große Hexenmeister‘. Es war übrigens ein gedruckter Brief mit sehr großen Buchstaben. Also garantiert auf einem PC gemacht.“

Der Pauli schwieg ziemlich lange. Die Rosi verdaute vor sich hin und wartete. Endlich sagte der Pauli: „Einer, der nur dreihundert Euro haben will und sich ‚großer Hexenmeister‘ nennt, der ist doch kein Erwachsener, oder?“

„Pudding, da dürftest du richtig liegen“, murmelte die Rosi und rülpste.

„Aber egal, wie alt der Kerl ist“, sagte der Pauli, „er wohnt jedenfalls direkt hier bei uns, sonst wären ja nicht alle drei Hunde aus unserer Straße.“

„Sowieso!“ Die Rosi rülpste wieder. Diesmal zweimal. „Aber wieso reden wir eigentlich immer von einem ‚er‘? Es könnte genauso gut auch eine Frau sein, also ein Mädchen.“

„Da wett ich mit dir um drei Wochen Taschengeld, dass da kein Mädchen dahintersteckt“, sagte der Pauli.

„Du hast ja keine Ahnung“, sagte die Rosi. „Mädchen können sehr satanisch sein.“

Der Pauli schüttelte den Kopf. Mädchen, meinte er, könnten zwar sehr satanisch sein, aber nur zu Menschen, nicht zu kleinen Hunderln.

Die Rosi rülpste dreimal und schloss die Augen.

„Hast denn auch Gurkensalat bei der Merny essen müssen?“, fragte der Pauli.

Da er von der Rosi keine Antwort bekam, stand er auf, murmelte „Tschüss dann“ und marschierte ab.

3. Kapitel,

in welchem Gulasch vor sich hin köchelt,
die Frau Mader beruhigt werden muss
und ein schwarzes Kuvert zu Boden flattert.

Auf dem Heimweg fiel dem Pauli ein, dass der „große Hexenmeister" der Frau Mader nicht so einfach ein Kuvert an die Tür stecken konnte wie der Frau Merny, denn die Haustür ist immer versperrt. Also muss der Kerl den Brief mit der Post schicken, dachte er. Oder er schickt diesmal gar keinen Brief, sondern telefoniert mit der Frau Mader. Da wäre es jetzt gut zu wissen, wie er das beim Herrn Pollak gemacht hat, denn dem sein Haustor ist auch immer versperrt!
Der Pauli überlegte, ob es nicht doch etwas bringen könnte, den Herrn Pollak zu fragen. Seine Mama musste nicht recht haben, die schätzte Menschen oft falsch ein.
Gerade holte der Pauli seinen Haustorschlüssel aus der Jackentasche, da bog der Hubsi um die Ecke und hinter ihm, an der Leine, der Herr Pollak. Mit Leuten zu reden, die er nicht kennt, fällt dem Pauli

ziemlich schwer. Gern hätte er das der Rosi überlassen. Aber die Rosi hatte schon die Frau Merny besucht, und sich von ihr nachsagen lassen, dass er sich immer vor der unangenehmen Arbeit drückt, wollte er auch nicht. So stellte er sich dem Herrn Pollak in den Weg und sagte: „Grüß Gott, Herr Pollak, ich bin der Pauli Pistulka."
„Weiß ich!" Der Herr Pollak schaute nicht gerade erfreut. Aber stehen blieb er.
„Ihr Hubsi ist nicht der einzige Hund, der entführt worden ist, der Karli von unserer Nachbarin ist auch weg und mindestens noch ein anderer Hund."
Der Pauli redete so schnell er nur konnte, weil er den Verdacht hatte, der Herr Pollak werde ihm nicht lange zuhören.
„Weiß ich!", sagte der Herr Pollak.
„Und da würde unsere Nachbarin gern wissen, wie viel sie zahlen haben müssen und wie sie das erfahren haben. Damit sie drauf vorbereitet ist!"
Der Pauli kennt schließlich die Erwachsenen! Einen Buben, der einen Erpresser finden will, nehmen sie nicht ernst, den lachen sie aus.
„Wieso glaubst, dass ich für den alten Deppen was zahlt hab?"
Der Herr Pollak deutete auf den Hubsi, der weiterzockeln wollte und an der Leine zerrte.
„Weil sie ihn gernhaben", sagte der Pauli freundlich.
„Könnte hinhauen", sagte der Herr Pollak. Und dann: „Dreihundert Euro haben sie verlangt. In einem Brief, den sie mir an die Tür gesteckt haben."

„Aber Ihre Haustür ist doch immer versperrt, da kann niemand Fremder reinkommen“, sagte der Pauli.
„Schön wär's!“ Der Herr Pollak schüttelte grantig sein weißes Lockenhaupt. „Hat doch heutzutag' jeder Dahergelaufene so einen Schlüssel wie der Briefträger, wo man überall reinkommt.“
Dann ging er grußlos weiter, brav hinter seinem „alten Deppen“ her.
Verdammt, dachte der Pauli, jetzt hab ich ihn nicht gefragt, wohin er das Geld bringen hat müssen! Er überlegte, ob er dem Herrn Pollak nachlaufen und ihn danach fragen sollte. Er beschloss, es bleiben zu lassen, weil man mundfaule, schrullige alte Männer nicht überfordern soll.

Die Frau Mader stand bei der Mama im Vorzimmer, als der Pauli heimkam. Ihre Augen waren noch immer rotgeweint.
„Gibt es was Neues?“, fragte der Pauli.
Die Frau Mader schnäuzte sich in ihr großes, kariertes Taschentuch, und die Mama sagte für sie: „Nein, es hat sich leider niemand gemeldet.“
„Es wird sich garantiert bald wer melden, ganz sicher, Frau Mader!“
Mehr wollte der Pauli vor seiner Mama nicht sagen.
„Hoffentlich hast recht“, schluchzte die Frau Mader. „Dann geh ich halt wieder rüber, falls wirklich wer anruft, damit ich den nicht noch verpass.“
„Die Hoffnung stirbt zuletzt“, seufzte die Mama hinter der Frau Mader her, dann fragte sie den Pauli, ob er an einem Supermarkt-Großeinkauf mit ihr Interesse habe. Er hatte! So kleinkariert war

seine Mama nicht, dass sie ihn im Supermarkt für Sachen bezahlen ließ, die er für die Mittagessen in den Einkaufswagen legte, daher entlasteten samstägliche Großeinkäufe den Steingut-Topf ungemein. Dafür nahm es der Pauli sogar in Kauf, dass ihn die Mama davor immer noch in ein paar Boutiquen schleppte, wo er ihr beim Klamotten-Probieren zusehen und seine Meinung abgeben musste.

In modischen Angelegenheiten ist der Pauli ein guter Berater, aber diesmal war er nicht bei der Sache. Wodurch seine Mama zu einem quietschgrünen Seidenkleid mit Rüschen am Saum kam, in dem sie etwas abwegig aussah. Aber der Pauli hatte, während er in der Boutique gehockt war, dauernd daran denken müssen, dass der Erpresser eigentlich einfach zu fassen wäre. Man müsste bloß den Gang vor der Tür der Frau Mader in den nächsten Tagen lückenlos überwachen. Und durch den Türspion an seiner Wohnungstür wäre das auch gut möglich. Aber er konnte doch nicht rund um die Uhr im Vorzimmer auf der Lauer stehen! Also würde er – und das war zum Haareraufen – wahrscheinlich ahnungslos und friedlich in seinem Bett liegen oder in der Küche beim Herd stehen oder vor dem Fernseher rumlümmeln, während der miese Kerl zur Tür der Frau Mader schleicht und den Brief reinsteckt!

Um sich von diesen trüben Gedanken ein wenig abzulenken, beschloss der Pauli, als er wieder daheim war, das für Montag geplante Mittags-Gulasch zu kochen. Gulasch wird angeblich beim Aufwärmen noch besser.

Rezept Seite 152

Das Rindfleisch fürs Gulasch hatte sich der Pauli schon vom

Fleischhauer im Supermarkt auf Würfel schneiden lassen. Er musste bloß noch ein paar Fettflankerln wegschnipseln, weil die Rosi immer greint, wenn das Fleisch nicht total mager ist.
Mit den Zwiebeln machte er sich keine Mühe, schälte sie, schnitt sie auf Scheiben und röstete sie in reichlich Öl, wobei er brav im Topf rührte, damit sie halbwegs einheitlich hellbraun wurden. Als er das geschafft hatte, drückte er Paradeismark drauf, schüttete zwei Esslöffel Paprikapulver drüber und goss ein Krügel Wasser hinterher. Zwanzig Minuten mussten die Zwiebeln jetzt sanft köcheln.
Der Pauli setzte sich zum Küchentisch, dumpfte vor sich hin und wartete.
Seine Mama kam in die Küche. „Ist was mit dir?", fragte sie besorgt. „Schaust ja drein, als ob dir die Hendln das Brot weggefressen hätten?"
„Mir tut halt die Frau Mader leid", wich der Pauli aus.
Die Mama schnappte sich einen Apfel aus dem Obstkorb, rieb ihn an ihrer Hose blank und sagte: „Wie ihr Mann gestorben ist, hat sie weniger geweint."
„Wie meinst denn das?", fragte der Pauli.
Die Mama biss vom Apfel ab, zuckte mit den Schultern und sagte: „Das war eine simple Feststellung der Tatsachen."
Der Pauli ging zum Herd und rührte seufzend im blubbernden, roten Zwiebel-Mischmasch. „Ihre Liebe zum Karli ist eben sehr groß", sagte er.
„Oder ihre Liebe zum Herrn Gemahl war sehr gering." Die Mama verließ kauend die Küche.

Der Pauli schaute ihr nach und dachte: Manchmal kann die Frau kalt wie eine Knackwurst sein!
Als hätte sie es gehört, drehte sich seine Mama um und sagte: „Ich mag Menschen halt mehr als alte Dackelviecher!"
Paulis Mama liebt Hunde nicht besonders, und den Karli mag sie schon gar nicht. Was auf Gegenseitigkeit beruht. Sooft ihr der Karli begegnet, fletscht er die gelben Wackelzähne und knurrt sie böse an.
Die Zwiebelscheiben waren nun, fand der Pauli, weich genug. So griff er zum Pürierstab, mixte den roten Gatsch zu einem sämigen Brei und warf die gesalzenen Fleischwürfel rein. Womit die Arbeit fast geschafft war.
Zwei Stunden musste das Gulasch nun auf kleiner Flamme kochen. Und jede Viertelstunde musste es ordentlich durchgerührt werden. Weggehen konnte der Pauli also nicht. Er zockelte in sein Zimmer, setzte sich zum Schreibtisch und schrieb seinen Deutschaufsatz, obwohl er den erst am kommenden Mittwoch abgeben musste. Alle fünfzehn Minuten unterbrach er die Arbeit, jappelte in die Küche und rührte das Gulasch durch. Und auf dem Rückweg schaute er jedes Mal durch den Türspion, in der vergeblichen Hoffnung, der Erpresser könnte zufällig gerade jetzt den Brief abliefern.
Der Aufsatz und das Gulasch waren gleichzeitig fertig. Der Pauli nahm sich eine kleine Probeportion vom Gulasch und war sehr zufrieden damit. Den Aufsatz fand er weniger gelungen, als er ihn durchlas. Aber das bedrückte ihn nicht sehr. Paulis Ehrgeiz ist, was die Schule angeht, nicht sehr ausgeprägt.

Am Abend war der Pauli mit seiner Mama bei der Oma zu Besuch. Seine Tante und seine Cousine Amelie waren auch dort. Die Amelie langweilte den Pauli mit ihren endlosen Pferdegeschichten und Schilderungen von tollen Partys unsäglich und die Tante stritt sich mit seiner Mama über Politik. Ziemlich unfein. Die Tante nannte die Mama eine „linke Bazille", die Mama nannte die Tante eine „reaktionäre Schnepfe". Und die Oma zeterte unentwegt: „Mädels, vertragt euch doch, wenn ihr bei mir seid!"
Der Pauli war an die Mama-Tante-Streite gewöhnt. Die gab es immer, wenn die zwei zusammen waren. Sogar zu Weihnachten. Er kapierte bloß nicht, warum sich die beiden trotzdem immer wieder gemeinsam bei der Oma trafen. Aber er ist eben ein Einzelkind und versteht von geschwisterlicher Liebe nichts.

Es war Mitternacht, als der Pauli vor dem Haus aus dem Auto stieg. Hinter den Fenstern der Frau Mader brannte kein Licht mehr. Es war also zu spät, um bei ihr zu klingeln und zu fragen, ob sie einen Brief bekommen hatte. Das tat der Pauli dann am Sonntagvormittag. „Wieso einen Brief?" Die Frau Mader schaute erstaunt. „Wenn den Karli wer gefunden hätte, tät er doch anrufen. Außerdem kommt am Wochenende doch gar keine Post."
Der Pauli fand, dass es an der Zeit sei, die Frau Mader aufzuklären. „Darf ich reinkommen?", fragte er. „Das dauert nämlich ein bissl länger."
Die Frau Mader führte den Pauli ins Wohnzimmer und der Pauli erklärte ihr, was Sache ist.

„O Gott, o Gott, was ist denn das für eine Welt!“, wehklagte die Frau Mader. „Ein unschuldiges Hunderl zu entführen, da hört sich doch alles auf!“
Aber getröstet war sie doch ein bisschen. Weil sie eine gute Chance sah, ihren Karli für dreihundert Euro, gesund an Leib und Seele, wiederzusehen.
„Sie könnten natürlich auch zur Polizei gehen, wenn Sie den Brief haben.“ Der Pauli sagte es nicht gern, aber er hielt es für seine Pflicht.
„Nein, nein, nein!“, rief die Frau Mader. „Da zahl ich lieber, bevor am Ende noch was schiefgeht. Und wenn der Pollak gezahlt hat, dann zahl ich auch. Der ist ein Studierter, der kann so was besser einschätzen als ich!“
Der Pauli nahm es zufrieden zur Kenntnis. Dann schraubte er noch zwei neue Glühbirnen in den altmodischen Kronleuchter, weil sich die Frau Mader nicht mehr auf eine Leiter zu steigen traute, und holte, weil er schon oben auf der Leiter stand, auch noch mit dem Staubwedel ein paar Spinnweben von der Decke. Dafür wollte ihm die Frau Mader unbedingt zehn Euro aufdrängen, und er brauchte ziemlich lange, ihr das auszureden. Als er es endlich geschafft hatte, schlug die alte Pendeluhr im Wohnzimmer zwölfmal, und der Pauli verabschiedete sich hurtig, denn für zwölf Uhr hatte sich sein Herr Vater angesagt. Der wollte ihn zu einem Papa-Sohn-Nachmittag abholen.
„Ich melde mich dann noch mal bei Ihnen, wenn ich nach Hause komme“, versprach der Pauli der Frau Mader.

„Du bist ein gutes Kind!“, sagte die Frau Mader und drückte den Pauli an ihre gut gepolsterte Vorderfront. Da ihre Stimme schon wieder verdächtig nach Schluchzen klang, befreite sich der Pauli schnell und wollte zur Tür raus. Schluchzende Frauen, egal ob zwölf oder siebzig Jahre alt, nerven den Pauli, weil er nie weiß, wie man sie behandeln muss.

Als der Pauli die Tür aufmachte, flatterte ein schwarzes Kuvert dem Fußabstreifer zu. Der Pauli hatte es geschnappt, bevor es gelandet war. Mit zittrigen Fingern riss er es auf und zog einen weißen Zettel heraus. In diesem Moment knallte zwei Stockwerke tiefer das Haustor ins Schloss.

Mit dem Zettel in der Hand raste der Pauli wie der geölte Kugelblitz durch das Vorzimmer und das Wohnzimmer, riss eines der Fenster auf und beugte sich raus. Er sah seine Mama unten auf der Straße, die gerade den Kofferraum ihres Autos öffnete und ihre Regenjacke holte. Sonst war weit und breit kein Mensch zu sehen. Es musste also seine Mama gewesen sein, die das Haustor zugeknallt hatte.

Enttäuscht schloss der Pauli das Fenster. Dann setzte er sich in den wackligen Lehnstuhl, auf dem immer der Karli vor sich hin gedöst hatte, und las der Frau Mader vor, was auf dem Zettel stand:

„Habe Ihren Hund gefunden. Bin bereit, ihn gegen 300 Euro Aufwandsentschädigung abzugeben. Legen Sie das Geld in eine Zeitung, falten Sie die Zeitung, stecken Sie die Zeitung am Montag, Punkt 18 Uhr, in den Abfallkorb bei der Haltestelle der Linie 5 in der Jagdstraße und gehen Sie dann sofort weiter. Verbrennen Sie diesen Brief und reden Sie mit niemandem darüber, sonst ist Ihr Hund tot. Tun Sie wie angeordnet, erhalten Sie Ihren Hund am Dienstag zurück. Der große Hexenmeister."

„Jesus und Maria!", kreischte die Frau Mader. „Wenn der Verbrecher merkt, dass du den Brief kennst, bringt er mir doch glatt meinen Karli um!"

„Das merkt er garantiert nicht", beruhigte der Pauli die Frau Mader. „Da können Sie ganz sicher sein."

„Na hoffentlich", seufzte die Frau Mader. Und dann jammerte sie, dass ihr jetzt schon die Knie zittern, wenn sie sich vorstellt, wie sie morgen um achtzehn Uhr mit dem Geld in einer Zeitung zur

Haltestelle geht. Und garantieren, dass sie vor Aufregung auf dem Weg dorthin nicht ohnmächtig wird, kann sie auch nicht. Weil ihre Nerven sind sowieso sehr schwach. Ob ihr der Pauli nicht den Weg abnehmen könnte?

„Aber dann wüsste dieser große Hexenmeister doch, dass Sie mit mir drüber geredet haben", sagte der Pauli.

„O Gott, o Gott, so was Blödes von mir, da hast natürlich völlig recht!" Die Frau Mader griff sich mit beiden Händen an den Kopf. „Ich bin schon so durcheinander, dass ich gar nimmer richtig denken kann."

„Sie brauchen wirklich keine Angst zu haben", sagte der Pauli. „Was der Herr Pollak und die Frau Merny geschafft haben, schaffen Sie doch auch. Ich schwöre Ihnen, alles wird gut. Aber jetzt muss ich rüber, mein Papa holt mich nämlich gleich ab."

Ganz richtig fand es der Pauli nicht, dass er die Frau Mader allein ließ. Wer weiß, ob die nicht durchdrehte? Aber den Nachmittag hatte er fix seinem Vater versprochen, und den durfte er nicht schon wieder so enttäuschen wie vorige Woche, wo er lieber mit ein paar anderen aus der Klasse in den Prater als mit seinem Vater ins Kaffeehaus gegangen war. Und bis morgen um achtzehn Uhr konnte er ja sowieso nicht bei der alten Frau bleiben und ihr Mut zusprechen. So sagte er sich zur Beruhigung eine Spruchweisheit seiner Oma vor, nämlich: Wer viel jammert, hält viel aus!

Eine echt tolle Beziehung hat der Pauli zu seinem Vater nicht. Obwohl sich der redlich bemüht. Aber der Pauli hält Abstand. Seine Mama hat sich von seinem Vater scheiden lassen, weil sich der in eine andere Frau verliebt hat. Der Pauli ist fest davon überzeugt, dass sich seine Mama nicht hätte scheiden lassen, wenn sein Vater mit der anderen Frau Schluss gemacht hätte. Also, sagt er sich, war ihm diese andere Frau wichtiger als ich, weil er hat sich ja nicht nur von der Mama, sondern auch von mir scheiden lassen. Und diese Frau war ihm auch nicht sehr wichtig, denn nach einem Jahr hat er sie verlassen. Daher bin ich ihm noch weniger wichtig als eine Frau, mit der er es nur ein Jahr lang ausgehalten hat.

Paulis Mama hält das für Plunder. Sie meint, ihr Sohn wirft da zwei ganz verschiedene Arten von Liebe in einen Topf. Ein Mann kann sehr wohl seinen Sohn durch dick und dünn auf ewig lieben, aber bei den Frauen „äußerst flatterhaft" sein. Doch der Pauli hält das für ein Trostpflaster, das er nicht braucht, weil er ja nicht leidet.

Er sieht seinen Papa als so etwas Ähnliches wie einen netten Onkel, mit dem man sich gern zweimal im Monat trifft und ein bisschen Spaß hat und ordentlich Taschengeld kassiert. Das behauptet er jedenfalls, wenn ihn seine Mama fragt, warum er seinen Vater nicht öfter sehen will. Jemand anderer darf ihm solche Fragen gar nicht stellen. Auch die Rosi nicht. Wie sie einmal zu ihm gesagt hat, dass sie ihren Vater, würde er nicht mit ihr zusammen wohnen, so oft als möglich sehen wollte und nicht versteht, dass der Pauli das nicht will, ist er stocksauer geworden und hat geknurrt:

„Red keine Löcher in die Luft!"

Und knurrt der Pauli den Löcher-in-die-Luft-Spruch, weiß die Rosi, dass sie das Thema wechseln muss, wenn sie seine beste Freundin bleiben will.

4. Kapitel,

in welchem sich die Rosi verkleidet
und der Pauli nicht bedacht hat,
dass Straßenbahnhaltestellen zum Einsteigen taugen.

Meistens sprintet der Pauli beim Acht-Uhr-Läuten in die Klasse rein. Oder kurz danach. Aber dass er zehn Minuten nach Beginn der ersten Schulstunde noch nicht neben ihr am Pult saß, beunruhigte die Rosi. Wäre er krank geworden, dachte sie, hätte er mich doch angerufen. Wo treibt er sich denn herum? Und warum informiert er mich nicht darüber, dass er etwas Besseres zu tun hat, als den Montag in der Schule zu versitzen?
Der Pauli erschien in der Pause zwischen der ersten und der zweiten Stunde und erklärte der Rosi: „Ich habe die Frau Mader beruhigen müssen, die packt die heutige Geldübergabe ohne Zuspruch nicht!"
Und dann erzählte er der Rosi alles, was sie noch nicht wusste.
„Und wie geht es jetzt weiter?", fragte die Rosi.
Wie es jetzt weitergeht, konnte der Pauli der Rosi nicht mehr erklären, weil die Pause um war und die Dr. Krautsack in die Klasse kam.

Der Pauli meldete sich bei ihr, damit sie sein verspätetes Eintreffen im Klassenbuch vermerkt. Die Entschuldigung für die versäumte Stunde, sagte er ihr, wird er morgen bringen.
„Aber eine mündliche Erklärung wirst du mir doch jetzt schon geben können", sagte die Dr. Krautsack.
„Na klar!" Der Pauli beschloss, sich so dicht als möglich an die Wahrheit zu halten. „Gerade wie ich weggehen will, kommt unsere alte Nachbarin zu mir. Und hat einen total hohen Blutdruck. Über zweihundert. Und meine Mama ist schon ins Büro gefahren, und sonst war auch niemand mehr im Haus. Und der Nachbarin sind die Blutdruck-Pillen ausgegangen und ich habe für sie in die Apotheke gehen müssen, und dann habe ich ihr noch einen Baldriantee gekocht."
Bis darauf, dass sonst niemand im Haus gewesen war, stimmte alles. Und bei der Höhe des Blutdrucks hatte er auch ein bisschen übertrieben. Die Frau Mader hatte einfach betreut werden wollen, und der Pauli hatte sich gedacht, dass es nicht schaden kann, nett zu ihr zu sein, damit sie um achtzehn Uhr dann auch wirklich richtig tickt.
Die Dr. Krautsack glaubte dem Pauli und trug ihn als „anwesend" ins Klassenbuch ein.
„Bitte", sagte der Pauli zu ihr, „muss mir unsere Nachbarin die Entschuldigung schreiben?"
Reichlich entgeistert schaute die Dr. Krautsack den Pauli an.
„Na, weil sie doch die Einzige ist, die weiß, warum ich zu spät gekommen bin." Der Pauli lächelte so unschuldig wie ein neu geborenes Baby.

„Entschuldigungen schreibt der Erziehungsberechtigte!“, belehrte ihn die Dr. Krautsack.
„Aber meine Erziehungsberechtigte hat ja keine Ahnung vom Sachverhalt“, sagte der Pauli, „die könnte bloß hinschreiben, was ich ihr diktiere.“
Die Dr. Krautsack wachelte den Pauli zu seinem Pult. Doch er blieb vor ihr stehen und fragte: „Also was jetzt?“
„Ich akzeptiere deine Absenz ohne Entschuldigung“, sagte die Dr. Krautsack und wachelte weiter.
Der Pauli nickte ihr zufrieden zu und ging zu seinem Pult.
„Musst du sie denn immer reizen?“, flüsterte die Rosi.
„Wenn's so leicht geht, gern“, flüsterte der Pauli zurück.
In der Zehn-Uhr-Pause ging der Pauli, seine telefonbuchgroße Proviantdose unter dem Arm, mit der Rosi auf den Gang raus, um ungestört zu sein. Sie setzten sich auf ein breites Fensterbrett, und der Pauli packte aus, was er daheim alles hergerichtet hatte: zwei Sandwiches der deftigen Art, Vollkornbrot-Butter-Kalbsleberpastete-Rucola-Butter-Vollkornbrot. Und dazu zwei Papierservietten.

Rezept Seite 154

„Sehr ausgewogen“, sagte er kauend, „Brot und Grünzeug gesund, Butter und Pastete weniger gesund, aber gut.“
Die Rosi war an Kommentaren zum Pausenbrot nicht sehr interessiert. „Wie geht's weiter?“, drängte sie. „Hast schon einen Plan?“
Der Pauli zögerte, denn er hatte sich einen Super-Plan ausgedacht, den er der Rosi erst schmackhaft machen musste, und das war nicht so einfach, da musste er oberschlau taktieren.

„Du willst doch immer“, fing er an, „dass wir in der Schule eine Theatergruppe als Freifach bekommen, weil du gern Theater spielen würdest.“
Die Rosi biss in ihre Kalorienbombe und fragte sich, was das jetzt sollte.
„Und nun hast du eine super Gelegenheit, Theater zu spielen“, fuhr der Pauli fort.
„Pudding, schwadronier nicht herum, rede gefälligst Tacheles“, verlangte die Rosi.
„Okay“, sagte der Pauli. „Wir müssen die Geldübergabe beobachten, und der große Hexenmeister wird ja nicht stundenlang warten, bis er die Zeitung rausholt, der kommt sicher gleich nach der Frau Mader. Sonst schnappt sich die Zeitung vielleicht noch wer anderer, der in der Straßenbahn was zum Lesen braucht.“
„Und dann schnappen wir ihn!“, sagte die Rosi.
„Eben das tun wir nicht!“ Der Pauli schüttelte den Kopf. „Der Zugriff erfolgt erst, wenn der Karli wieder da ist, da dürfen wir kein Risiko eingehen. Wenn der große Hexenmeister auf stur schaltet und schweigt, erfahren wir doch nie, wo der Karli ist.“
„Was tun wir also?“ Die Rosi war schon ziemlich ungeduldig.
„Ich verfolge ihn unauffällig“, sagte der Pauli. „Aber da er ziemlich sicher aus unserem Grätzl ist, wird das vielleicht gar nicht nötig sein, wenn du ihn nämlich erkennst.“
„Ich?“ Die Rosi verschluckte sich fast am letzten Bissen vom Sandwich. „Wo bin ich denn bei der Sache?“
Nun, fand der Pauli, musste er mit seiner Super-Idee rausrücken.

„Bei der Haltestelle vom Fünfer kann man sich nirgendwo verstecken, nicht mal eine Tornische gibt's dort. Und wenn wir im Supermarkt lauern, dauert es viel zu lange, bis wir zur Tür raus sind. Aber vor dem Supermarkt ist oft ein Bettler."
„Und den Bettler willst mit ins Team nehmen?" Die Rosi bekam kugelrunde Staunaugen.
„Nein, du könntest den Bettler spielen", erläuterte der Pauli. „Kinder, die betteln, gibt es viele. Aber meistens Mädchen. Sonst würde ich es ja selber machen."
Der Pauli hätte sich die lange Herumrederei sparen können.
„Toll!", rief die Rosi. „Ich geh betteln, wie in Pünktchen und Anton!"
„Wie wo?" Der Pauli ist nicht sehr belesen. Nicht mal Kästner-Bücher kennt er.
Die Rosi hielt sich nicht damit auf, dem Pauli die Geschichte von Pünktchen und Anton zu erzählen, sondern fragte: „Und wo krieg ich die passenden Klamotten her? Bettlermäßig hab ich nichts im Kasten. Und eine Perücke wäre auch nicht schlecht. Kinder, die betteln, haben immer schwarze Haare."
„Perücke haben wir keine. Du setzt einfach eine Haube auf, es ist eh schon kalt", sagte der Pauli. „Und das mit den Klamotten kriegen wir hin, so richtig abgefuckt sind die Bettler gar nicht, die kriegen Sachen von der Caritas."
Dann mussten sie in die Klasse zurück, weil die Pausenglocke längst geklingelt hatte und die Englisch-Lady auf die Klasse zumarschierte.

Sehr aufmerksam folgte die Rosi an diesem Vormittag dem Unterricht nicht. Sogar in Mathematik machte sie an der Tafel Fehler über Fehler, obwohl sie doch die Klassenbeste in diesem Gegenstand ist. Aber der Buntspecht nahm es ihr nicht übel. Lehrer-Darlings können sich eben alles leisten. Der Buntspecht tröstete sie sogar. „Mach dir nichts draus, Rosi", sagte er. „Jeder hat mal einen schlechten Tag. Bist halt mit dem linken Fuß zuerst aufgestanden!"

Auf dem Heimweg von der Schule fragte die Rosi: „Sag mal, Pudding, und wo bist du eigentlich?"
„Einen Häuserblock weiter unten, auf der gegenüberliegenden Straßenseite, vor dem Video-Shop", sagte der Pauli. „Und ich geh dann hinter dem Kerl her. Um sechs Uhr ist es schon dunkel. Da falle ich ihm nicht auf, wenn ich genug Abstand halte."
„Soll ich beim Betteln sitzen oder stehen?", wollte die Rosi wissen.
„Wie du die Rolle anlegst, ist deine Sache", antwortete der Pauli großzügig. „Aber die Frau Mader darf nicht erfahren, was wir vorhaben. Vor ihr gilt: Geld hinterlegen, Karli zurückkriegen! Mehr zu wissen, tut ihrem Blutdruck nicht gut."
Der Rosi war egal, was der Frau Mader gut oder nicht gut tut, sie war intensiv damit beschäftigt, ihr Bettler-Outfit zu planen.

Kochen musste der Pauli heute nicht, weil das Gulasch fix und fertig im Kühlschrank wartete. Und die Spätzle, die er zum Gulasch geplant hatte, wollte er durch aufgebackene Semmeln ersetzen. Er fühlte sich zu aufgeregt und zu nervös zum Kochen. In

Rezept Seite 168

der Verfassung, fürchtete er, würden ihm die Spätzle garantiert missglücken. Aber die Rosi ließ das nicht zu! Spätzle mochte sie besonders gern, auf die wollte sie nicht verzichten. Also tat der Pauli Mehl in eine Rührschüssel, darüber etwas Salz und ein paar aufgeschlagene Eier, und rührte alles mit den Knethaken vom Handmixer ordentlich durch.

Die Rosi füllte einen großen Topf mit heißem Wasser und stellte ihn auf den Herd. Der Pauli legte den Spätzle-Hobel quer über den Topf und wartete, bis das Wasser im Topf brodelte. Als es soweit war, putzte er den Spätzle-Teig aus der Rührschüssel in den Hobel rein und hobelte Spätzle ins Wasser. Er hatte den Teig ein bisschen zu dünn gemacht, die Spätzle wurden keine kleinen, runden, festen Knöpfe, wie sie die Rosi gern mochte, sondern eher kurze, dicke, weiche Nudeln. Aber die Rosi beschwerte sich nicht. Kritik an seiner Kochkunst nimmt der Pauli übel.

Die Rosi stellte zwei Teller auf den Tisch. Der Pauli tat noch einen dazu. „Ich lade die Frau Mader zum Essen ein!"

Gegen alte Frauen hat die Rosi wirklich nichts. Aber Paulis Fürsorge für die Nachbarin erschien ihr reichlich übertrieben. Sie zog ein Gesicht und verdrehte die Augen.

„Ich muss sie unter Kontrolle halten", erklärte ihr der Pauli. „Sie flippt. Wenn ich sie nicht betreue, werden ihr auf dem Weg zur Haltestelle die Knie schwach."

Also verputzte die Rosi in Gesellschaft der Frau Mader eine gewaltige Portion Gulasch mit zu weichen Spätzle und hörte sich an, wie der Pauli der Frau Mader unentwegt versicherte, dass sie keine Angst

zu haben braucht und alles gutgehen wird, und die Frau Mader darauf ebenso unentwegt mit vollem Mund murmelte: „Aber ich hab so was ja noch nie gemacht!"
Den Appetit verdarb ihr die Aufregung allerdings keineswegs, sie langte tüchtig zu.
„Die stellt sich vielleicht an!", flüsterte die Rosi, als sie mit dem Pauli das Geschirr in die Spülmaschine räumte.
„Motz nicht herum!", zischelte ihr der Pauli zu. „Sie geht ja eh gleich."
Dann empfahl er der Frau Mader einen Mittagsschlaf zur Stärkung ihrer strapazierten Nerven, und die Frau Mader hielt das für eine sehr gute Idee. Der Pauli geleitete sie noch fürsorglich bis zu ihrer Wohnungstür und versprach, vor sechs Uhr wieder bei ihr reinzuschauen. Erleichtert kehrte er zur Rosi zurück und hielt ihr einen kurzen Vortrag über die Geduld, die man mit alten Menschen haben soll, weil man selber auch einmal alt wird und sich dann freuen wird, wenn Kinder nett zu einem sind.
Unbeeindruckt fragte die Rosi: „Hat deine Mama eine alte Wollstrumpfhose?"
„Na sicher, etliche", sagte der Pauli. „Aber die sind dir doch alle viel zu groß!"
„Sie soll ja auch zu groß sein, Pudding, damit sie hübsch ordentlich Schrumpelfalten wirft, das macht sich super für meinen Auftritt", erklärte die Rosi.
Der Pauli deutete auf die kleine Tür im Vorzimmer. „Bediene dich! Da drin sind sämtliche Klamotten von mir und meiner Frau Mutter! Ein voller Sack für die Altkleidersammlung müsste auch wo drunter sein."

Die Rosi war noch nie in dem kleinen Zimmer gewesen, das die Mama vom Pauli „begehbarer Kleiderschrank" nennt. Und sie staunte nicht schlecht! An allen Wänden waren Regale und Stangen voll liegender und hängender Klamotten und Schuhe und Taschen und Gürteln. Und die Innenseite der Tür war ein riesiger Spiegel.
„Da lagert ja mehr als in einer kleinen Boutique!", rief die Rosi zur Tür raus.
„Neun Zehntel gehören meiner Mama, die hat die Kaufsucht. Ist aber angenehmer als Alkohol, Rauchen oder Kokain."
Lust, der Rosi beim Suchen nach passenden Sachen zu helfen, hatte der Pauli sichtlich nicht. Er ging ins Wohnzimmer und drehte den Fernseher auf.
Eine geschlagene Stunde blieb die Rosi im „begehbaren Kleiderschrank", und als sie dann ins Wohnzimmer kam und wie ein Topmodel vor dem Sofa auf und ab stolzierte, sagte der Pauli voll Anerkennung: „Fast perfekt!"
„Wieso nur fast?", fragte die Rosi empört. „Ich finde mich hundertpro perfekt gelungen."
Der Pauli zeigte auf die schwarze Pullmankappe, die Rosis Kopf zierte. „Eine alte Wollhaube wäre besser."
Er ging ins Vorzimmer und kehrte mit einer verwaschenen, hellgrauen Strickmütze zurück, auf der ein paar braune Flecken waren.
„Die habe ich zum Schuheputzen zweckentfremdet, aber die Schuhpasta ist eh nur außen, die geht nicht bis auf die Innenseite durch."
Er zog der Rosi die Pullmankappe von den Haaren und stülpte ihr die fleckige Strickmütze aufs Haupt. Bis über die Ohren und tief in

die Stirn rein. „Sonst könnte dich nämlich noch glatt wer erkennen und dann hättest du allerhand Erklärungsbedarf!"
Die Rosi lief zum großen Spiegel. Von oben nach unten betrachtet, bot sich ihr ein tolles Abbild: Am Kopf die eingedreckte Strickhaube, um den Hals ein fetziger Seidenschal, die obere Hälfte des Rumpfes in einen abgelegten, viel zu engen Anorak vom Pauli gezwängt, aus dem, die untere Rumpfhälfte bedeckend, ein labbriges T-Shirt von Paulis Mama hing, das die wollene Strumpfhose, die Ziehharmonikafalten schlug, bis fast zu den Knien bedeckte. An den Füßen hatte die Rosi ihre eigenen Schuhe. Alte Latschen vom Pauli gab es nicht und ihre eigenen Schuhe waren sowieso ziemlich ramponierte Treter mit schiefen Absätzen.
„So erkennt mich nicht einmal meine eigene Mutter!", sagte die Rosi grinsend.
Der Pauli bat sie, sich von ihrem Spiegelbild loszureißen und mit ihm den „genauen Ablauf der Aktion" noch einmal durchzugehen, damit auch ja nichts schiefgeht.
„Ich bin doch kein Depp!", rief die Rosi. „Ich gehe um halb sechs zur Haltestelle und beziehe beim Supermarkt Posten, du wartest bei der Frau Mader bis kurz vor sechs, dann geht ihr zusammen zur Jagdstraße und sie geht mit der Zeitung nach links zum Abfallkorb und du nach rechts zum Video-Shop."
Der Pauli nickte zufrieden.
„Und was mache ich eigentlich, wenn ein Polizist kommt?", fragte die Rosi.
„Hast schon mal bei uns in der Gegend einen Polizisten rumlatschen

gesehen?“, fragte der Pauli retour. „Außerdem ist das Betteln, glaube ich, gar nicht verboten.“
Der Pauli ging in die Küche und brachte der Rosi einen leeren Joghurtbecher. „Fürs Geld“, sagte er. „Der Bettler, der früher vor dem Supermarkt gestanden ist, hat den Leuten immer einen hingehalten.“

Um halb sechs schlüpfte der Pauli in seine Jacke, sagte „Los geht's!“, schob die Rosi zur Wohnungstür raus und zog die Tür hinter sich zu. „Wird schon schiefgehen“, murmelte die Rosi und lief die Treppe runter. Und der Pauli klingelte an der Mader-Tür.
Als die Rosi im Hausflur war, ging die Haustür auf und Paulis Mama kam rein. Die Rosi huschte hurtig grußlos an ihr vorbei. Ob die Pauli-Mama sie erkannt hatte, war ihr nicht klar.
Langsam schlenderte die Rosi zur Jagdstraße runter. Ganz wohl in ihrer sonderbaren Montur fühlte sie sich – so allein ohne Pauli – nun doch nicht. Außerdem juckte die Strickmütze auf der Stirn und an den Ohren gewaltig. Und mit der viel zu großen Strumpfhose hatte sie ein Problem. Die machte nämlich nicht nur über den Beinen Ziehharmonikafalten, sondern auch an den Füßen. Als ob sie viel zu kleine, zu enge Schuhe anhätte, fühlte sich das an.
An der Ecke zur Jagdstraße kam der Rosi die Evi aus ihrer Klasse entgegen. Die Rosi senkte den Kopf und dachte: Jetzt stellt sich gleich heraus, was meine Verkleidung wert ist!
Die Evi lief an der Rosi vorbei, ohne sie eines Blickes zu würdigen. „Bingo!“, murmelte die Rosi, bog in die Jagdstraße ein, ging zur Haltestelle runter und lehnte sich neben dem Eingang vom Supermarkt an die Hausmauer. Eigentlich hatte sie vorgehabt, den Leuten, die aus dem Supermarkt kommen, flehentlich bittend den Joghurtbecher entgegenzustrecken. Aber das schaffte sie nicht. Leute anzubetteln war eben doch nicht so kinderleicht, wie sie sich das vorgestellt hatte. So lehnte sie bloß gesenkten Hauptes an der Hausmauer, den Becher vor dem Bauch.

Zwei Minuten vor sechs Uhr hatte sie im Becher trotzdem einen Bodensatz aus kupfernen Cent-Münzen und dazwischen ein Zwei-Euro-Stück und ein Fünfzig-Cent-Stück. Eine Banane und eine Mandarine hatte sie auch bekommen und in die Anoraktaschen gestopft. Drei Leute aus der Nachbarschaft, die sie gut kannte, waren an ihr vorbeigegangen. Vielleicht hätten sie die Rosi erkannt, wenn sie sie angeschaut hätten. Aber die meisten Leute, merkte die Rosi, schauten sie nicht an, die schauten weg, die wollten sie nicht sehen.

Dann schlug die Kirchturmuhr sechsmal und beim sechsten Schlag kam die Frau Mader um die Ecke gewieselt, eilte auf den Abfallkorb zu, steckte die gefaltete Zeitung rein, machte kehrt, wieselte zurück und war auch schon verschwunden.

Die Rosi bekam rasantes Herzklopfen. Eine Minute verging. Und noch eine. Leute kamen aus dem Supermarkt raus, Leute gingen in den Supermarkt rein, rund um den Abfallkorb warteten etliche Leute auf die Straßenbahn, auf der gegenüberliegenden Seite, ein paar Häuser weiter, sah sie den Pauli vor einem Schaufenster des Video-Shops stehen. Dann kam eine Straßenbahn in die Haltestelle gefahren, und in diesem Moment lief ein Bub mit einer Baseballkappe in fleckigem Tarnmuster und einer schwarzen Jacke mit einem Totenkopf auf dem Rücken zum Abfallkorb, holte die Zeitung raus und sprang, bevor die Türen zuklappten, in die Straßenbahn. Und die Straßenbahn fuhr ab.

Mauloffen starrte die Rosi hinter ihr her. Als sie nicht mehr zu sehen war, riss sie sich die juckende Mütze vom Kopf, zog den

Zippverschluss vom Anorak auf und humpelte über die Straße auf den Pauli zu. Der schaute ihr verwirrt entgegen.
„Was ist los? Warum bist denn weg? Sind kaum drei Minuten um!", fragte der Pauli vorwurfsvoll, als sie beim Video-Shop war.
„Weil er futsch ist! In die Bim rein", seufzte die Rosi.
„So ein Shit! Hast ihn wenigstens erkannt?", fragte der Pauli hoffnungsvoll.
Die Rosi schüttelte den Kopf. Das war alles viel zu schnell gegangen.
„Steigt der in die Bim!" Der Pauli konnte es nicht fassen. „Damit hat wirklich keiner rechnen können!"
Die Rosi ersparte sich jeglichen Kommentar. Obwohl sie der Meinung war, dass man sehr wohl damit hätte rechnen können. Haltestellen sind schließlich zum Einsteigen in die Straßenbahn da! Aber sie wollte so schnell wie möglich aus der blöden Schrumpel-Strumpfhose raus. Garantiert hatte sie schon auf jeder Ferse eine Blase! Außerdem musste sie angestrengt nachdenken. So eine tarnfleckige Baseballkappe und so eine Totenkopf-Jacke, das war keine Dutzendware. Sie war sich sicher, dass sie die beiden potthässlichen Teile schon gesehen hatte. Bloß wo und an wem, wollte ihr nicht einfallen.

5. Kapitel,

in welchem die Rosi auf Kommissar Zufall hofft, Nudeln zu weich werden und der Rosi einfällt, wo sie die tarnfleckige Baseballkappe gesehen hat.

Genauso niedergeschlagen wie er die Rosi am Abend zuvor verlassen hatte, kam der Pauli am Dienstag in die Schule. Diesmal sogar ein paar Minuten vor dem Acht-Uhr-Läuten.

„Der Karli ist wieder da“, informierte er die Rosi. „Um sieben hat die Trafikantin aufgeregt bei der Frau Mader angerufen, dass er am Hundehaken gehängt ist und erbärmlich gejault hat, wie sie zum Geschäft gekommen ist.“

„Super!“, frohlockte die Rosi. „Das ist doch gut!“

„Das ist überhaupt nicht gut.“ Der Pauli kramte sein Schreibzeug und einen Notizblock aus dem Rucksack. „Weil jetzt alle Chancen komplett dahin sind, den großen Hexenmeister zu schnappen.“

„Vielleicht hilft uns Kommissar Zufall weiter“, sagte die Rosi tröstend. Weil der Pauli oft erklärt, dass Detektive meistens gar nicht so superschlau sind, sondern ihnen einfach „Kommissar Zufall“ hilft.

Doch der Pauli wollte nicht getröstet werden, der wollte sich lieber Vorwürfe machen. „So einem Deppen wie mir hilft Kommissar Zufall nicht! Ich hätte die Straßenbahn einkalkulieren und dran denken müssen, dass Punkt achtzehn Uhr der Fünfer kommt."
„Kann doch jedem passieren", sagte die Rosi.
„Jedem, aber nicht mir!", sagte der Pauli.
Trotz des großen Mitgefühls, das sie für ihn hatte, dachte die Rosi: Echt, so einen eingebildeten Kerl wie ihn gibt es kein zweites Mal! Liebe macht die Rosi eben nicht blind.
Den ganzen Vormittag über versuchte die Rosi den Pauli ein wenig aufzuheitern. Sie hatte keinen Erfolg. Im Gegenteil. Als ihr der Pauli in der Pause statt eines hübsch eigenhändig belegten Brotes eine gekaufte Topfenkolatsche hinschob und sie, um höflich zu sein, „Super" sagte, murmelte er: „Kann ich mir das Selbermachen in Zukunft ja sparen, wenn du den gekauften Schmarren super findest!"
Die Kollegen durften den Pauli überhaupt nicht anreden. Versuchten sie es, bekamen sie ein geknurrtes „Lass mich in Kraut!" zu hören. Den Lehrern ging es nicht besser. Fragten sie den Pauli etwas, sagte er: „Keine Ahnung!" Auch wenn sich die Rosi sicher war, dass er die Antwort gewusst hätte. Und in der letzten Stunde, in Musik, wo sie für den nahenden Advent zweistimmig ein Liedlein einübten, ersuchte ihn der Musiklehrer gut ein Dutzend Mal, doch bitte bitte mitzusingen, weil er auf die schöne Singstimme vom Pauli nicht verzichten wollte. Aber der Pauli blieb stumm und stur.

Auf dem Heimweg von der Schule wagte die Rosi zu fragen, was es denn zu Mittag zu essen geben wird.
„Wenn du etwas essen willst, musst du selber kochen", sagte der Pauli. „Ich bin indisponiert."
„Okay, okay!" Die Rosi streckte dem Pauli die Handfläche hin. „Gib mir Moneten."
„Hab vergessen, genug Geld einzustecken", sagte der Pauli. „Habe meine letzten Euro für die grauslichen Topfenkolatschen ausgegeben."
Die Rosi durchsuchte ihre Jackentaschen und ihre Hosentaschen. Mehr als ein paar lumpige Cent-Münzen fand sie nicht. Aber beim Pauli daheim gibt es immer einen gut gefüllten Kühlschrank und einen nicht minder gut gefüllten Vorratsschrank. Da würde sich schon etwas Brauchbares für ein simples Mahl finden lassen! Und simpel, sagte sich die Rosi, wird das Mittagessen sein, denn im Kochen ist sie keine Meisterin.

Die Frau Mader musste hinter ihrer Wohnungstür auf den Pauli gewartet haben. Kaum waren er und die Rosi die Treppe raufgekommen, kam sie – wie der Kuckuck aus der Uhr – zu ihrer Tür raus. Den Karli hatte sie fest an die Brust gedrückt und wiegte ihn wie ein Baby hin und her. Was dem Karli überhaupt nicht gefiel. Der wollte festen Boden unter den Haxen haben. Aber die Frau Mader ignorierte das und dachte gar nicht daran, ihn freizugeben.
„Wenn so ein kleines Viecherl doch nur reden könnte", sagte sie. „Dann täte die Polizei den Verbrechern schon das Handwerk legen."

Wahrscheinlich hätte sie nichts dagegen gehabt, vom Pauli wieder zum Mittagessen eingeladen zu werden. Doch der Pauli hatte heute sichtlich drauf vergessen, dass man mit alten Leuten sehr viel Geduld haben muss. Er nickte der Frau Mader bloß kurz zu und verschwand mit der Rosi hurtig in der Wohnung.
Der Pauli war nicht einmal bereit, der Rosi beim Kochen Gesellschaft zu leisten. Er legte sich im Wohnzimmer auf das Sofa und schaltete den Fernseher ein.
Die Rosi ging in die Küche und fragte sich, welche Speise ihr am ehesten gelingen könnte. Nudeln mit was drüber, sagte sie sich, sind am einfachsten zu machen, da kann wirklich nicht viel schiefgehen. Im Vorratsschrank gab es Pasta aller Sorten. Die Rosi entschied sich für Penne. Und da ein Bund Jungzwiebeln und ein Büschel Basilikum im Gemüsefach vom Kühlschrank lagen und im Vorratsschrank eine Dose Filetti di Pomodori stand, beschloss sie „Penne al Pomodoro“ zu machen.

Rezept Seite 156

Während die Penne im sprudelnden Salzwasser schwammen, schnitt die Rosi das Weiße und das Hellgrüne vom Jungzwiebel auf Ringerln und dünstete die Ringerln in ein bisschen Olivenöl an. Als die Ringerln schön glasig glänzten, schüttete sie den Inhalt einer Dose Filetti di Pomodori drüber, tat ein bisschen Salz dazu und einen Hauch Cayenne-Pfeffer, wartete, bis das rote Soßerl sanft vor sich hin schmurgelte, und machte sich dann ans Parmesan-Reiben und Basilikumblättchen-Zupfen. Dabei überlegte sie, ob es Paulis saumiese Stimmung verbessern wird, wenn ihr das Mittagessen gut gelingt, oder ob er dann vielleicht keifen wird, dass sie ja ab jetzt immer kochen kann und er dafür nicht mehr nötig ist. Wie sich der Pauli verhält, wenn er in schlechter Laune ist, kann nicht einmal die Rosi vorhersagen.

Als die Penne ein bisschen weicher als al dente waren, tat die Rosi ein großes Sieb in die Abwasch, leerte den Topf über dem Sieb aus und beutelte das Sieb, bis ihr die Penne trocken vorkamen. So richtig kernig al dente mag die Rosi Nudeln nämlich nicht. Dann ließ sie noch das zerzupfte Basilikum auf das Pomodori-Breichen rieseln, stellte die Pfanne und das Sieb mit den Nudeln und den Teller mit dem geriebenen Parmesan auf den Küchentisch und brüllte zum Wohnzimmer hin: „Pudding, essen kommen, sonst wird alles kalt!"

Dreimal musste die Rosi brüllen, bis der Pauli endlich kam.

Er setzte sich wortlos zum Tisch, schöpfte sich eine Miniportion von den Penne auf den Teller, kleckste rote Soße drauf, streute einen Hauch Parmesan drüber und vermatschte lustlos, was auf dem Teller war.

Die Rosi nahm das Streuglas mit dem Cayenne-Pfeffer, weil sie es gern scharf pfeffrig mag, und überpuderte den gewaltigen Penne-Berg auf ihrem Teller. Und plötzlich, ganz ohne darüber nachzudenken, fiel ihr ein, wo sie die tarnfleckige Kappe und die Jacke mit dem Totenkopf gesehen hatte! Im Eissalon! Und unter der Kappe, in der Jacke, war der Kevin gewesen! Mit dem waren sie und der Pauli in den Kindergarten und in die Volksschule gegangen. Das Gesicht von dem Buben, der sich die Zeitung geschnappt hatte, war vom Standort der Rosi nicht gut zu sehen gewesen. Aber so groß und so dünn wie der Kevin war der Kerl auch gewesen!

„Pudding!“, strahlte die Rosi. „Ich glaube, ich weiß, wer der Kerl war. Es war der Kevin.“
„Welcher Kevin?“ Der Pauli ließ die Gabel sinken und starrte die Rosi an.
„Der Schistal Kevin!“, sagte die Rosi.
„Du spinnst ja!“ Der Pauli legte die Gabel weg. „Das geistige Nackerbatzl aus der Volksschule? Der immer mit den Fingernägeln an den Wänden gekratzt hat? Und in der ersten Klasse noch in die Hose gemacht hat?“
Die Rosi nickte.
Der Pauli wollte das nicht glauben. Nie im Leben war dieser Schistal Kevin schlau genug, der große Hexenmeister zu sein. Allein schon ein Wort wie „Aufwandsentschädigung“ war doch dem viel zu hoch! Und fehlerfrei schreiben konnte er es garantiert nicht.
„Kommt mir ja selber komisch vor“, sagte die Rosi. „Aber ich habe diesen hässlichen Janker und diese grausliche Mütze nur zweimal in meinem Leben gesehen. Einmal am Kevin im Eissalon, am letzten Tag, wie es alles zum halben Preis gegeben hat, und einmal gestern, wie der Typ in die Straßenbahn gesprungen ist.“
Der Pauli griff wieder nach der Gabel und stocherte in den Nudeln. „Na ja, ich glaub dir ja. Aber es muss trotzdem ein blöder Zufall sein!“
„Und wenn der Schistal Kevin nur …“, die Rosi zögerte.
„Nur was?“, fragte der Pauli gespannt.
„Wenn der nur so etwas wie der Zauberlehrling vom großen Hexenmeister wäre?“, fragte die Rosi.
„Süße, du bist direkt ein Genie!“, rief der Pauli, und dann futterte

er zwei große Portionen Penne. Und lobte sie, obwohl sie schon fast kalt und für seinen Geschmack zu weich gekocht waren.
Niedergeschlagen war der Pauli nicht mehr, als er den leer geputzten Teller in die Spülmaschine stellte. Tatendurstig funkelten seine Augen. „Wir müssen jetzt alle Informationen über den Schistal Kevin sammeln. Der muss für uns zum gläsernen Menschen werden!"
„Jetzt", sagte die Rosi gelassen, „mache ich die Mathe-Hausübung. Und weil ich ein gutes Kind bin, auch die deine, obwohl du mir nichts gekocht hast."
Der Pauli meinte zwar, dass es viel wichtiger sei, den großen Hexenmeister zu schnappen, als total öde Gleichungen mit zwei Unbekannten zu lösen, aber die Rosi sah das nicht so. Sie räumte den Küchentisch ab, holte die Mathe-Hefte aus den Rucksäcken und machte sich ans Rechnen. Ungestört schaffte sie die Arbeit nicht. Dauernd wollte der Pauli von ihr irgendetwas wissen. Wo der Schistal Kevin wohnt. Und in welche Schule er geht. Und mit wem er befreundet ist.
Und die Rosi gab ihm immer zur Antwort: „Woher soll ich das besser wissen als du? Ich hab den im Eissalon zum ersten Mal, seit wir aus der Volksschule sind, wiedergesehen."
Also nahm der Pauli das dicke Telefonbuch und blätterte sich zu „Schistal" durch. Nur drei Schistals standen drin, aber keiner von ihnen wohnte in der Gegend vom Pauli und von der Rosi. Der Pauli probierte die drei Telefonnummern trotzdem aus und fragte, ob er den Kevin sprechen könne. Dreimal sagte jemand am anderen Ende der Leitung, dass es bei ihm leider keinen Kevin gibt.

Nicht jeder, der ein Telefon hat, lässt sich eben ins Telefonbuch eintragen!
Der Pauli versuchte sein Glück bei der Telefonauskunft. Dort erklärte ihm eine Frauenstimme, sie muss die Adresse von diesem Schistal wissen, um Auskunft zu geben. Der Pauli bat sie, ihm die Adressen aller Wiener vorzulesen, die Schistal heißen. Das lehnte die Frauenstimme entschieden ab und beendete das Gespräch.
Der Pauli war wütend! Ganz sicher war er sich, dass die Frau nur deswegen so unfreundlich gewesen war, weil sie an seiner Stimme gemerkt hatte, dass sie mit einem Kind redete.

Da die Rosi nun schon beim Abschreiben ihrer Mathe-Hausübung in Paulis Heft war und sich nicht mehr konzentrieren musste, erlaubte sie dem Pauli, mit ihr zu reden.
„Wir müssen rauskriegen, in welche Hauptschule er geht", sagte der Pauli. „Bei uns in der Gegend kommen drei Hauptschulen infrage."
„Falls er nicht in ein anderes Gymnasium geht", wandte die Rosi ein.
Der Pauli tippte sich an die Stirn. „Der und ein Gymnasium! Dass ich nicht lach!"
„Mein Cousin Anatol hat in der Volksschule auch lauter urmiese Noten gehabt", sagte die Rosi. „Und voriges Jahr hat er die Matura mit Auszeichnung gemacht."
Dass das für den Schistal Kevin ebenfalls zutreffen könnte, glaubte die Rosi nicht wirklich. Sie hatte es bloß gesagt, weil der Pauli schon wieder mal so hochnäsig dahergeredet hatte. Als ob er, nur weil er ins Gymnasium geht, etwas Besseres wäre! Das mag die Rosi nicht. Und der Pauli hatte schon überhaupt keinen Grund, auf Hauptschüler arrogant runterzuschauen. Hätte sie ihm nicht schon in der Volksschule beim Rechnen geholfen, wäre er garantiert nicht ins Gymnasium aufgenommen worden.
„Wir müssen einfach in der Früh vor den Hauptschulen lauern, dann werden wir ihn sicher finden", sagte der Pauli.
Die Rosi protestierte. Sie wollte nicht drei Tage zu spät in die Schule kommen.
„Vielleicht geht er ohnehin schon in die erste, die wir uns vornehmen", sagte der Pauli.

Aber die Rosi wollte nicht mal einen Tag zu spät in die Schule kommen.
„Okay“, sagte der Pauli. „Dann ziehe ich es eben allein durch!“
„Und wenn er ab morgen die Grippe hat?“, fragte die Rosi.
„Oder die Schule schwänzt?“
„Hast vielleicht eine bessere Idee?“ Der Pauli schaute die Rosi grantig an.
„Möglicherweise, wenn du mir Zeit zum Nachdenken lässt!“
Die Rosi nahm eine Mandarine aus dem Obstkorb und schälte sie.
„Friss nicht, denk nach!“, knurrte der Pauli.
„Laut oder leise?“ Ein bisschen pflanzen, fand die Rosi, durfte man den Pauli schon, wo er jetzt wieder guter Laune war.
„Ganz wie Gnädigste wollen!“, sagte der Pauli.
Die Rosi war für „leise denken“ und tat es, langsam Spalte um Spalte von der Mandarine essend, ausführlich. Der Pauli wartete und trommelte mit den Fingern im Dreivierteltakt auf den Küchentisch, um seine Ungeduld zu demonstrieren.
Endlich sagte die Rosi: „Mit der Emily Berger und der Laura Horvath aus der Volksschule bin ich noch gut. Wir reden immer, wenn wir uns wo treffen. Und ich weiß auch, wo die beiden wohnen.“
„Ja, und?“, fragte der Pauli.
„Die Emily geht in die Hauptschule in der Steingasse und die Laura geht in die Hauptschule auf dem Wagnerplatz. Die wissen sicher, ob der Schistal Kevin in ihre Schule geht.“
Da wurde der Pauli sofort wieder vergnügt. „Und wenn er nicht in eine der zwei Schulen geht, dann muss er in die Hauptschule auf der Jagdstraße gehen.“

„Bingo!“, rief die Rosi und nickte zufrieden.
Der Pauli wollte gleich losziehen. „Zu wem schauen wir zuerst? Zur Emily oder zur Laura?“
„Sorry, Pudding!“, sagte die Rosi. „Aber ich muss jetzt heim. Meine Oma kommt, und ich habe meiner Mama versprochen, daheim zu sein, wenn ihre Schwiegermutter andampft. Sonst ist die wieder beleidigt. Außerdem reicht es doch, anzurufen und zu fragen.“
„Hingehen ist besser!“, beharrte der Pauli. „Da können wir uns dann gleich genauer über ihn informieren, das geht am Telefon nicht so gut.“
Der Pauli versuchte der Rosi einzureden, dass sie wenigstens schnell bei der Laura zusammen vorbeischauen könnten und dass das doch in ein paar Minuten erledigt ist.
Aber die Rosi blieb hart. „Zwei sind dazu sowieso nicht nötig.“
Sie nahm einen Zettel und schrieb dem Pauli die Adressen von der Emily und der Laura auf.
„Ich? Allein?“ Der Pauli verzog das Gesicht. „Du kennst die beiden doch viel besser als ich.“
„Du bist mit ihnen vier Jahre in die Schule gegangen, neben der Emily bist sogar ein Jahr lang gesessen.“ Die Rosi zog sich die Jacke an und knöpfte sie zu.
„Aber äußerst ungern“, sagte der Pauli. „Das war eine miese Strafaktion von der alten Lehrer-Schnepfe, weil du immer so viel mit mir getratscht hast!“
Die Rosi holte ihren Rucksack aus der Küche. „Baba, Pudding, und grüß die beiden schön von mir!“

Der Pauli wartete, bis die Rosi die Tür hinter sich zugezogen hatte, dann legte er sich im Wohnzimmer aufs Sofa. Ich muss mir ja, redete er sich ein, einen Grund ausdenken, warum ich so plötzlich vor der Tür stehe und nach dem Schistal Kevin frage. Und wohin ich zuerst gehe, muss ich mir auch noch überlegen. Wäre er ehrlich zu sich gewesen, hätte er eingestehen müssen, dass er sich vor dem Besuch bei der Emily und der Laura drücken will. Er redet eben nicht nur ungern mit Menschen, mit denen er noch nie geredet hat, sondern auch mit ehemaligen Schulkolleginnen, zu denen er nie besonders nett gewesen ist. Mit der Emily hatte er sich sogar ein paarmal geprügelt. Weil ihn die immer hinterfotzig gezwickt hatte. Unschuldig wie ein Engelchen hatte sie zur Tafel geschaut und ihn unter dem Pult in den Schenkel gezwickt. Und der Laura hatte er den Spitznamen „Rotzglocke" verpasst. Wenn er sich recht erinnerte, ist sogar ein paarmal die Mutter von der Emily in der Schule gewesen, um sich über ihn bei der Lehrerin zu beschweren.
Eine halbe Stunde brauchte der Pauli, um sich selbst davon zu überzeugen, dass es besser ist, bis morgen zu warten und dann zusammen mit der Rosi zur Emily und zur Laura zu gehen. Sie waren schließlich ein Team und zu zweit erfährt man immer mehr als im Alleingang!

6. Kapitel,

in welchem es Palatschinken gibt und die Rosi Kontakt zu Emily und zu Laura aufnimmt.

Am Mittwoch ist die 3a in den ersten zwei Schulstunden im Zeichensaal. Der Pauli zeichnet und malt sehr gern und kriegt auch immer tolle Bilder hin. Die Rosi ist im Zeichnen wirklich kein Talent. Und was sie nicht gut kann, tut sie auch nicht gern. Mit den Buntstiften kommt sie ja noch halbwegs zurecht, aber mit den Malfarben steht sie auf Kriegsfuß. Also seufzte sie frustriert, als die Zeichen-Tante darum bat, die Malkästen auszupacken.

Ein Bild der Großmutter oder des Großvaters sollte gemalt werden. Und zwar ohne es vorher mit Bleistift zu zeichnen. Dass das schiefgehen musste, war der Rosi von Anfang an sonnenklar!

Nach einer halben Stunde saß sie vor einem feuchten, gewellten Blatt Zeichenpapier, auf dem trübe, wässrige, ineinander verlaufende Farbflecken waren, die einem Stück Baumrinde ähnlicher sahen als einer Oma.

Der Pauli hatte seine Großmutter fast schon fertig gemalt und behauptete, dass sein Werk seiner wirklichen Oma erstaunlich ähnlich sieht und dass er ihr das Bild zu Weihnachten schenken wird.

Die Rosi knüllte ihr feuchtes Zeichenpapier zu einer festen Kugel, warf sie gut gezielt in den Papierkorb, verschränkte die Arme über der Brust und schaute tatenlos vor sich hin.

Die Zeichen-Tante eilte zu ihr und brachte ihr ein neues Blatt und meinte, die Rosi dürfe den Pinsel nicht immer so nass machen.

„Weiß ich selber!“, knurrte die Rosi und traf keine Anstalten zu einem neuen Versuch.

Die Zeichen-Tante ergriff Rosis dicken Pinsel und rührte im Deckel des Malkastens aus viel Deckweiß und ein bisschen Rot eine Hautfarbe zusammen.

„So, Rosalinde“, säuselte sie, „jetzt hat die Farbe die richtige Konsistenz, jetzt wird dir nichts mehr schiefgehen!“

Sie wollte der Rosi den Pinsel in die Hand drücken, aber die Rosi ließ die Arme über der Brust verschränkt und knurrte: „Meine Oma ist kein Ferkel!“

Das Rosarot, das die Zeichen-Tante angerührt hatte, war tatsächlich ziemlich ferkelfarben.

„Dann mische halt einen Hauch Braun hinein, Rosalinde!“, riet die Zeichen-Tante. Das sanfte Gesäusel war aus ihrer Stimme verschwunden.

Die Rosi reagierte nicht. Da verlegte sich die Zeichen-Tante aufs Drohen. „Rosalinde, vergiss nicht, dass auch Zeichnen im Zeugnis benotet wird!“

„Bleibt sie eben in Zeichnen sitzen!“ Der Pauli grinste die Zeichen-

Tante vergnügt an. „Dann kommt sie als erste Zeichnen-Sitzenbleiberin ins Fernsehen."
„Ein Genügend im Zeugnis macht sich auch nicht gut", sagte die Zeichen-Tante.
„Ich werde es schon irgendwie überleben", sagte die Rosi.
Der Zeichen-Tante fiel sichtlich keine passende Antwort ein, sie nahm ihren Kontroll-Rundgang durch die Klasse wieder auf.
Aber zu Beginn der zweiten Stunde kam sie wieder zur Rosi.
„Entweder du fängst jetzt zu arbeiten an oder du meldest dich in der Direktion!", sagte sie.
„Okay!" Die Rosi tauchte ihren dicken Pinsel ins Wasserglas, tropfte schmutziges Malwasser auf die eingetrocknete Ferkelfarbe im Malkastendeckel, rührte den Klacks flüssig und malte dann ein Gesicht aufs Zeichenpapier. Eines nach dem Verfahren: Punkti-Punkti-Strichi-Strichi-ist-das-nicht-ein-Mondgesichti.
Der Pauli schaute ihr dabei zu und rief begeistert: „Ihrer Oma wie aus dem Gesicht geschnitten!"
Da gab die Zeichen-Tante auf und belästigte die Rosi bis zum Ende der zweiten Stunde nicht mehr.

In der Zehn-Uhr-Pause gingen die Rosi und der Pauli hinter der Lea und der Evi die Treppe zu ihrer Klasse runter und hörten die Lea sagen: „Einfach futsch war der Hund! Ein reinrassiger Pekinese.
Den hat garantiert wer gestohlen. Und jetzt ist sie natürlich fixifoxifertig."
Die Rosi packte die Lea an der Schulter. „Wem sein Hund ist weg?"

Die Lea drehte sich im Gehen um und sagte: „Der von unserer Köchin!"
Die Eltern der Lea haben ein Wirtshaus. Ziemlich weit draußen auf der Jagdstraße. Zum Grätzl, in dem die anderen drei Hunde weggekommen waren, gehört das Haus mit dem Wirtshaus nicht mehr. Das beunruhigte den Pauli und die Rosi, denn es brachte die Theorie, dass der große Hexenmeister nur im Grätzl Hunde stiehlt und also auch da wohnen muss, gehörig ins Wanken.
„Wo ist der Pekinese von eurer Köchin denn gestohlen worden?", fragte die Rosi.
„So genau weiß ich das nicht. Irgendwo, wo sie wohnt halt", sagte die Lea.
„Und wo wohnt sie?", fragte der Pauli.
Die Lea schaute ihn verwundert an. Zu fragen, warum er das wissen will, traute sie sich nicht. Seit sie der Pauli im vergangenen Schuljahr gezwungen hatte zuzugeben, dass ihr das goldene Herz gar nicht gestohlen worden war, hatte sie einen Heiden-Respekt vor ihm. Brav sagte sie: „Eh gleich irgendwo da, wo ihr zwei wohnt!"
Die Rosi nahm den erleichterten Pauli an der Hand und zog ihn an der Lea und der Evi vorbei die Treppe runter. Seit dem vorgeschwindelten Herz-Diebstahl mag sie die Lea überhaupt nicht mehr und redet nur mit ihr, wenn es unbedingt nötig ist.

„Gibt's heute wieder Topfenkolatschen?", fragte die Rosi, als sie in der Klasse waren.
„Heute gibt's super Forellentörtchen." Der Pauli packte seine Pro-

Rezept Seite 160

viantdose aus, legte zwei Sets und zwei Servietten aufs Pult und darauf je zwei dunkelbraune Mini-Törtchen. Als Boden und als Deckel hatten die Törtchen eine runde Pumpernickel-Scheibe, dazwischen war Topfen, mit Kren aufgepeppt, und kleingezupftes Forellenfilet. Fisch mag die Rosi nicht besonders. Aber wenn er geräuchert ist, motzt sie nicht.
„Dafür kriegst du zu Mittag schöne Palatschinken mit Himbeermarmelade“, versprach ihr der Pauli. „Aber ganz ohne Fisch geht es nicht, der ist gut fürs Hirn.“
„Von wegen Hirn!“ Die Rosi spuckte Pumpernickel-Moleküle. „Wieso hast gestern nicht noch die Laura und die Emily angerufen, wenn es dir doch so dringend gewesen ist?“
„Was hat denn das, bittschön, mit Hirn zu tun?“ Der Pauli schaute unwillig.
„Weil mein Hirn nicht kapiert, warum du es nicht gemacht hast.“ Die Rosi wischte sich mit der Serviette über die bröseligen Lippen.
„Ich hab dir doch erklärt, dass hingehen besser als anrufen ist“, sagte der Pauli.
„Und warum bist nicht hingegangen?“ Die Rosi ließ nicht locker.
„Damit du nicht wieder behaupten kannst, dass ich keinen Teamgeist habe und alles im Alleingang mache“, sagte der Pauli.
Die Rosi schaute ihn baff an. Noch nie hatte sie etwas Derartiges behauptet. Sie wollte Protest einlegen, doch da kam schon die Dr. Krautsack in die Klasse, klatschte in die Hände, um die Schüler, die nicht hinter ihrem Pult hockten, auf die Plätze zu scheuchen, und rief: „Pistulka, Fenster schließen!“

Die Dr. Krautsack lebt mit dem Pauli im Fenster-Krieg. Er reißt in jeder Pause mindestens ein Fenster auf, weil er meint, dass es in der Klasse furchtbar stinkt. Sie besteht auf geschlossenen Fenstern und pflegt zu sagen: „Erfroren sind schon viele, erstunken ist noch niemand!"

Obwohl es diesmal gar nicht der Pauli gewesen war, der zwei Fenster geöffnet hatte, stand er brav auf und schloss die Fenster. Er hatte heute keine Lust auf ein Wortgeplänkel mit der Dr. Krautsack. Aber dass ihm die gute Frau auch noch, als er zu seinem Pult zurückwollte, auftrug, da er schon „unterwegs" sei, die Kreideschlieren von der Tafel zu wischen, ging ihm denn doch zu weit! Er machte den Tafelschwamm am Waschbecken klatschnass und verteilte alles, was der Schwamm aufgesaugt hatte, und das war nicht wenig, gerecht über die grüne Fläche. Und da das Tafelwischtuch der 3a seit Tagen unauffindbar war, musste die Dr. Krautsack eine halbe Stunde warten, bis sie endlich den Stammbaum der Habsburger auf die getrocknete Tafel malen konnte.

Für Palatschinken, gefüllt mit Himbeermarmelade, hatte der Pauli alles zu Hause. In den Supermarkt mussten sie nach der Schule trotzdem, weil die Rosi zu den Palatschinken zwei Gläser Milch trinken wollte, und der Pauli nicht sicher war, ob dafür sein Milchvorrat reicht.

Rezept Seite 158

Beim Kurven durch die Regalreihen schlug der Pauli vor, auf dem Heimweg noch schnell mit der Laura zu reden. Weil die gleich neben dem Supermarkt wohnt.

„Falls sie schon daheim ist“, sagte die Rosi.
Die Laura war noch nicht daheim. Niemand meldete sich durch die Gegensprechanlage, als die Rosi den Klingelknopf neben dem Haustor drückte.
„Warten wir halt ein bissl.“ Der Pauli schaute auf die Uhr. „Oder geht sie nach der Schule in den Hort?“
„Sie geht nicht in den Hort, aber ich bin hungrig!“, sagte die Rosi.
„Müssen wir halt nach dem Essen noch mal herkommen.“
Das mussten sie nicht. Gerade als sie weggehen wollten, kam die Laura auf das Haustor zu.
„Zu wem wollt ihr denn?“, fragte sie neugierig.
„Zu dir“, sagte die Rosi. „Wir wollen dich fragen, ob der Schistal Kevin in deine Schule geht.“
„Er ist uns nämlich Geld schuldig!“ Der Pauli meinte, eine Erklärung nachliefern zu müssen.
„Da kann ich euch leider nicht helfen. Der muss dort wo in eine Schule gehen.“ Die Laura deutete die Straße runter. „In der Früh sehe ich ihn manchmal in die Richtung latschen.“
„Weißt du, wo er wohnt?“, fragte die Rosi.
Mehr als dass der Kevin „gleich da irgendwo“ wohnt, wusste die Laura nicht. So verabschiedeten sich der Pauli und die Rosi.
„Viel Glück beim Schuldeneintreiben!“, rief die Laura hinter ihnen her.
Paulis Vorschlag, auch noch bei der Emily vorbeizuschauen, lehnte die Rosi strikt ab. Sie wollte jetzt nichts so dringend wie Palatschinken! Und da der Pauli den Teig immer fünfzehn Minuten rasten

lässt, damit die Palatschinken beim Ausbacken nicht zerreißen, würde ihr knurrender Magen ohnehin eine halbe Stunde warten müssen. Der Pauli startete noch einen Überredungsversuch, aber die Rosi blieb hart.

„Ein leerer Bauch kann nicht denken!“, sagte sie.

„Interessant, dass du mit dem Bauch denkst“, ätzte der Pauli.

Aber er ging brav neben der Rosi heim.

So schnell wie diesmal hatte der Pauli aus Mehl, Milch, Eiern und einem Löffel Öl den Teig noch nie zusammengerührt. Und zum Rasten gönnte er ihm auch nur fünf Minuten, obwohl er doch immer erklärte, dass das Mehl quellen muss, wenn man die Palatschinken hauchdünn hinkriegen will.

Die Palatschinken glückten dem Pauli trotz der zu kurzen Rastzeit. Und die Rosi aß schneller, als der Pauli backen konnte. Kaum hatte er eine Palatschinke geschupft, stand sie schon mit dem leeren Teller neben ihm und wartete darauf, dass er die fertige Palatschinke auf ihren Teller gleiten ließ. Dann kleckste sie hurtig Himbeermarmelade auf den Fladen, rollte ihn zusammen, verschlang ihn gierig, trank einen Riesenschluck Milch und hielt dem Pauli wieder den leeren Teller hin.

„Das war aber jetzt echt die letzte!“, sagte der Pauli, als die neunte Palatschinke auf Rosis Teller gelandet war. „Der Rest vom Teig gehört mir!“

Im Topf war noch mehr Teig, als der Pauli für seine Portion brauchte, aber er hatte Angst, die Rosi würde nach noch mehr Palatschin-

ken aufs Sofa wanken und verkünden, dass sie nun ein Stündchen „abliegen“ muss. Und das wollte er unbedingt verhindern, weil er so schnell wie möglich die Emily befragen wollte.
„Wo frisst du denn das alles hin?“, fragte er und schupfte eine Palatschinke. „Bei dem, was du schlingst, müsstest du doppelt so breit sein.“
„Das kommt davon, weil ich mit dem Bauch denke.“ Die Rosi grinste satt. „So ein Bauch verbrennt beim Denken zehnmal so viele Kalorien wie ein denkendes Hirn.“
Der Pauli buk sich drei Palatschinken raus und aß sie hurtig. Mit dem letzten Bissen im Mund rief er: „Und jetzt nichts wie los!“
Obwohl der Pauli die Rosi nach der neunten Palatschinke gestoppt hatte, stöhnte sie: „Jetzt gleich? Kann ich nicht vorher ein Stündchen abliegen?“
„Nein!“ Der Pauli schaute so entschlossen, dass die Rosi nicht zu widersprechen wagte.

Die Emily war daheim und staunte nicht schlecht, als sie der Rosi und dem Pauli die Wohnungstür öffnete.
„Sammelt ihr für was?“, wollte sie wissen.
„Nein, wir müssen dich nur etwas fragen“, sagte die Rosi.
„Dann kommt rein.“ Die Emily gab die Tür frei und machte eine einladende Handbewegung.
Hinter ihr her gingen der Pauli und die Rosi in die Küche.
„Ich wärme mir grad ein Krautfleisch“, sagte die Emily. „Ist gut. Von meiner Oma gekocht. Wollt ihr auch? Ist genug da.“ Die palatschinkensatte Rosi schüttelte den Kopf.

„Für mich gern, aber nur eine kleine Portion“, sagte der Pauli. Das erstaunte die Rosi. Der Pauli isst sonst nur, was er selber oder seine Großmutter oder ein Restaurantkoch erzeugt haben. Bei ihr daheim hatte er noch nie etwas gegessen!
Die Emily stellte einen zweiten Teller auf den Tisch.
„Setzt euch doch!“, sagte sie und deutete auf die Sessel am Tisch.
Der Pauli folgte ihrer Aufforderung, die Rosi blieb neben der Küchentür stehen.
Die Emily trug den Krautfleisch-Topf zum Tisch, setzte sich hin und schöpfte dem Pauli Krautfleisch auf den Teller. Wahrlich keine kleine Portion. Aber der Pauli merkte das gar nicht, denn er schaute die Emily an. Mit einem merkwürdigen Blick, fand die Rosi.
Die Emily setzte sich dem Pauli gegenüber, pappte sich Krautfleisch auf den Teller und sagte zum Pauli: „Lustig, dass du und die Rosi immer noch ein Ehepaar seid!“
„Ein Ehepaar?“ Der Pauli ließ seine Gabel sinken.
„In der Volksschule haben wir dich und die Rosi immer das Ehepaar genannt!“ Die Emily schob eine Gabel voll Krautfleisch in den Mund. „Weil es euch doch immer nur im Doppelpack gegeben hat.“
„Das ist doch lächerlich!“ Der Pauli schüttelte richtig empört den Kopf.
Die Rosi fand es zwar auch lächerlich, aber dass der Pauli gar so empört den Kopf schüttelte, gefiel ihr nicht. Und dass die beiden miteinander redeten, als wäre sie gar nicht anwesend, gefiel ihr noch weniger.
„Und was wollt ihr mich eigentlich fragen?“ Jetzt gönnte die Emily auch der Rosi einen kurzen Blick.

„Ob der Kevin Schistal zu dir in die Schule geht", sagte der Pauli.
„Seit vorigem Jahr geht der in meine Klasse. Vorher war er woanders. Angeblich haben sie ihn dort gemobbt. Was wollt ihr denn von dem?" Das „dem" dehnte die Emily in die Länge, um ihr Erstaunen darüber auszudrücken, dass irgendwer vom Schistal Kevin irgendetwas wollen könnte.
„Alles, was du über ihn weißt, wollen wir wissen", sagte der Pauli und schaute der Emily in die veilchenblauen Augen. „Einfach alles. Zum Beispiel mit wem er befreundet ist."
„Freunde?" Die Emily betrachtete sinnend ihr Krautfleisch.
„Freunde hat der keine. Wenigstens nicht in unserer Klasse. Warum wollt ihr denn das wissen?"
„Weil er uns Geld schuldig ist", sagte die Rosi.
„Und deswegen will der Pauli von mir wissen, mit wem er Freund ist?" Die Emily tippte sich mit einem Zeigefinger an den blonden, toll schräg geschnittenen Pony. „Das kannst der Wetti-Tant einreden!"
Die Rosi dachte: Jetzt bin ich aber gespannt, was ihr der Pauli darauf sagt! Und der Pauli sagte, aber nicht zur Emily, sondern zur Rosi: „Wie wär's, wenn wir die Emily einweihen?"
Am liebsten hätte sich die Rosi umgedreht und wäre zur Wohnungstür raus. Aber sie blieb an die Wand gelehnt stehen und sagte so cool wie nur möglich: „Ganz wie du meinst!"
Was hätte sie denn auch anderes sagen sollen? Vielleicht: Nein, das will ich nicht? Dass es nicht um geborgtes Geld geht, hatte der Pauli ja bereits durch seine Frage der Emily klargemacht. Und dass

er sie gern „einweihen“ wollte auch. Aber beim „Einweihen“ mitspielen, das war zu viel verlangt von der Rosi! Und der Pauli erwartete es auch gar nicht. Er legte gleich, samt allen Details, los. Mit dem Karli, der vom Hundehaken entführt worden war, fing er an, mit dem Schistal Kevin, der mit der Bim getürmt war, hörte er auf.

„Und wieso gehst du nicht einfach auf die Polizei und zeigst den Schistal-Deppen an?“, fragte die Emily.

„Weil er garantiert nicht der große Hexenmeister ist“, sagte der Pauli. „Der ist sicher nur ein Helfer. Ich will den Kopf der Sauerei fangen.“

„Echt coole Action!“ Die Emily nahm dem Pauli den leer gegessenen Teller weg. „Kann ich da vielleicht mithelfen?“

„Wennst Lust und eine Idee hast, gern.“ Der Pauli hielt es sichtlich für unnötig, die Rosi noch mal um ihre Meinung zu fragen.

Die Rosi schaute auf ihre Uhr, sagte „Tschüss, ich muss heim“ und marschierte ab. Ob sie wütend oder traurig war, wusste sie selbst nicht.

7. Kapitel,

in welchem der Pauli mit Fleischbällchen die Rosi versöhnt und sich die Emily als sehr brauchbar erweist.

Als der Pauli am nächsten Tag in die Klasse keuchte, stand die Rosi mit dem Jonas beim Papierkorb, spitzte einen Bleistift und erzählte dabei eine anscheinend sehr lustige Geschichte, denn der Jonas kicherte dauernd. Der Pauli setzte sich zu seinem Pult, räumte seinen Kram aus und rief ungeduldig zum Papierkorb hin: „Rosi! Komm her!"
Die Rosi ignorierte ihn und erzählte weiter, obwohl der Bleistift längst gespitzt war. Erst als der Buntspecht in die Klasse kam, kehrte sie an ihren Platz zurück.
„Wo warst denn gestern?", fragte der Pauli. „Dein Handy war die ganze Zeit auf die Box geschaltet und ich hab auch viermal auf dem Festnetz angerufen."
Die Rosi schaute nach vorne, zum Buntspecht, und blieb stumm wie ein Karpfen.
„Um neun bist noch immer nicht daheim gewesen!" Richtig vorwurfsvoll klang das.

Die Rosi war den ganzen Abend zu Hause gewesen. Aber sie hatte ihren Eltern und der großen Schwester aufgetragen, dem Pauli zu sagen, dass sie nicht daheim ist.
„Wo treibst dich denn herum?", fragte der Pauli.
Und der Buntspecht rief seinen Lieblingssatz: „Pistulka, keine Privatgespräche, wenn ich bitten darf!"
Also verlegte sich der Pauli aufs Brieferl-Schreiben. *Bist böse auf mich?*, kritzelte er auf sein Löschblatt und schob es auf Rosis Pulthälfte.
Die Rosi schrieb *Ja* darunter und schob das Löschblatt zurück.
Was hab ich denn getan?, kritzelte der Pauli unter das *Ja*. Was ihr der Pauli „getan" hatte, war nicht mit einem kurzen Satzerl auf ein Löschblatt zu schreiben. Nicht mal mit vielen langen Sätzen auf normalem Papier hätte das die Rosi geschafft. Alles, was man spürt, lässt sich eben nicht in vernünftige Sätze verpacken. So schrieb sie auf das Löschblatt bloß: *Das solltest du selber wissen!*
Und der Pauli wusste es ohnehin selber. Sonst hätte er, gleich als der Buntspecht die Klasse verlassen hatte, nicht zur Rosi gesagt: „Du hast doch gewollt, dass wir mit ihr reden, und hast gesagt, dass du noch immer gut Freund mit ihr bist!"
„Na und?", fauchte die Rosi. „Deswegen brauchst du sie nicht mit Kalbsaugen anhimmeln!" Kaum hatte sie es gesagt, hätte sie sich am liebsten die Zunge abgebissen! Und knallrot im Gesicht wurde sie auch.
„Ich hab sie halt nett gefunden", sagte der Pauli. „Und sie kann uns sehr nützlich sein. Das wollt ich doch gestern telefonisch mit dir bereden. Sie wird für uns den Lockvogel machen!"

„Piep-piep-piep!“ Die Rosi tippte sich an die Stirn, und der Pauli schob das beschriebene Löschblatt ins Pultfach, weil sich die Maria, die vor dem Pauli sitzt, umdrehte und ihm zwei Karten gab. Es waren Einladungen zu ihrer Geburtstagsparty.
„Eine für dich, eine für die Rosi“, sagte sie.
Dann marschierte die Englisch-Lady in die Klasse und der Pauli flüsterte der Rosi zu: „Ich erklär dir das in der großen Pause.“
Während der Englischstunde überlegte die Rosi, ob sie sich in der nächsten Pause anhören sollte, was der Pauli mit „Lockvogel machen“ meint oder ob sie weiter beleidigt sein soll. Noch einen Tag lang beleidigt sein wäre besser, dachte sie. Aber irgendwie auch ziemlich uncool. Die Rolle der „beleidigten Blunzen“ passte nicht wirklich zu ihr!
Hätte sich die Rosi nicht bereits während der Englischstunde dazu entschlossen, nicht länger beleidigt zu sein, hätte sie das Gabelfrühstück garantiert mit dem Pauli versöhnt.

Rezept Seite 161

Kleine Fleischbällchen, kaum größer als Glasmurmeln, packte er in der großen Pause aus. Und dazu Weißbrot und Zahnstocher, zum Aufspießen der kleinen, kugeligen Dinger.
„Ich hab mir gedacht, dass dir mal eine Abwechslung guttut“, sagte der Pauli.
„Hat dich der über dir schon wieder um sechs Uhr wach gebohrt?“, fragte die Rosi. Fleischbällchen sind ja nicht in ein paar Minuten hinzukriegen.
Der Pauli spießte ein Bällchen auf einen Zahnstocher. „Hab ich gestern gemacht. Hatte ja viel Zeit zwischen den vergeblichen Anrufen

bei dir." Er steckte das Bällchen in den Mund. „Und für dich ist mir doch nichts zu mühsam."
Gar so mühsam war das Fleischbällchen-Erzeugen aber gar nicht gewesen. Aber das musste er der Rosi ja nicht auf die Nase binden! Sollte sie ruhig glauben, dass er sich für sie schrecklich abgerackert hatte.
Die Rosi glaubte es, war echt gerührt und sagte kauend: „Na, dann leg los mit dem Lockvogel, Pudding!"
„Die Emily wird sich mit dem Schistal Kevin anfreunden, so richtig auf miteinander gehen", sagte der Pauli. „Und mit Händchen halten und solchem Kram. Weil du willst das doch garantiert nicht machen."
Die Rosi nickte. Den Schistal Kevin zu umgarnen, das überließ sie gern der Emily.
„Und mit ein bissl Glück", sagte der Pauli, „kriegt die Emily etwas raus, was uns weiterhilft."
Die Rosi biss von ihrem letzten Fleischbällchen die Hälfte ab und dachte: Wenn ich immer nur die Hälfte davon abbeiße, hätte ich – rein theoretisch! – auf ewig etwas von dieser Köstlichkeit!
Sie verzichtete darauf, dem Pauli diese Erkenntnis mitzuteilen, denn erstens passte sie nicht zum angesagten Thema und zweitens versteht der Pauli sowieso nichts von mathematischen Gedankengängen.
„Wenn die Emily viel Zeit mit ihm verbringt", sagte der Pauli, „muss doch klar werden, wann er zum Beispiel keine Zeit für sie hat. Und dann treten wir auf den Plan und kriegen raus, was er dann tut. Und vielleicht erzählt er ihr ja sogar was."

Die Rosi schaffte einen weiteren Fleischbällchen-Halbierungsversuch nicht mehr, steckte das letzte Brösel in den Mund und fragte: „Glaubst du denn, dass einer wie der Kevin glauben kann, dass ihn eine wie die Emily plötzlich echt mag?“
Die Emily ist nämlich sicher das schönste Mädchen in ihrer Klasse, wahrscheinlich sogar in ihrer Schule. Eine perfekte Barbie-Puppe, bloß mit flacher Vorderfront. Und so einer steht ein Ken zu, kein Schistal Kevin.
„Ach was!“ Der Pauli tat die leeren Plastikschüsserln und die Zahnstocher in die Proviantdose. „Wenn dich wer mag, fragst du nie, warum. Nur wenn dich wer nicht mag, fragst du, warum!“
„Haben wir denn noch so viel Geld?“, staunte die Rosi nach der Schule beim Fleischhauer, wo der Pauli zwei Kalbsschnitzel verlangt hatte. „Ist doch schon Donnerstag.“
„Aber freilich“, versicherte ihr der Pauli. „Ich war bis jetzt total sparsam.“
Das war gemogelt. Von seinem Taschengeld bezahlte er das teure Fleisch und die Packung Parma-Schinken und das Salbei-Stöckerl auch. Die Rosi ist ein Fleischtiger und Tiger besänftigt man am leichtesten mit saftigen Fleischbrocken!
Besänftigt war die Rosi zwar schon, aber der Pauli wollte vorbauen, denn am Nachmitttag würden sie wieder die Emily treffen, und er konnte nicht garantieren, dass er dann so dreinschaute, wie es der Rosi gefällt. Diese Emily ist eben ein prächtiger Anblick! Und sie ist auch nicht von der Sorte, wo man sich denken kann: Außen hui, innen pfui! Nichts sprach dagegen, sie ins „Team“ aufzunehmen. Und

er wollte der Rosi beibringen, dass das mit seiner Freundschaft zu ihr überhaupt nichts zu tun hatte. Wenn es nicht anders ging, dann halt mit Kalbsschnitzeln, vom Taschengeld bezahlt.

„Was wird denn das eigentlich?", erkundigte sich die Rosi, als der Pauli daheim die Schnitzel auspackte.

Rezept Seite 162

„‚Spring in den Mund' wird das, oder in der Originalsprache Saltimbocca." Der Pauli klopfte die zwei Schnitzel noch ein bisschen dünner, indem er mit dem Boden einer kleinen Stielpfanne auf sie eindrosch.

„Habt ihr denn keinen Fleischklopfer?", fragte die Rosi.

„Der ist nicht dort, wo er sein sollte, weil die Putzfrau immer alles verräumt, und so geht es ja auch."

Der Pauli fand die Schnitzel dünn genug, legte auf jedes zwei Salbeiblätter und eine Scheibe vom Parma-Schinken und machte den Schinken mit Zahnstochern am Fleisch fest. Dann ließ er Butter in einer Pfanne schmelzen, wartete, bis sie brutzelte, und legte die Schnitzel rein. Für zwei Minuten auf die Schinkenseite, für weitere zwei Minuten auf die Fleischseite.

„Riecht himmlisch!" Die Rosi schnupperte verzückt.

Der Pauli holte die Schnitzel aus der Pfanne, legte sie auf einen Teller, tat Alufolie drüber, damit sie warm bleiben, und holte eine offene Flasche Weißwein aus dem Kühlschrank.

„Betrinken wir uns heute sinnlos?", fragte die Rosi erwartungsvoll.

Der Pauli leerte einen guten Schluck Weißwein in die Pfanne und rührte emsig den Bodensatz der Pfanne in den blubbernden Wein rein.

„Der ganze Alkohol verdampft doch in der Hitze“, belehrte er die Rosi.
Als kaum noch Flüssigkeit in der Pfanne war, schüttete er aus einem kleinen Glas, auf dem „Kalbsfond“ stand, ein bisschen in die Pfanne, rührte kurz um, nahm die Folie von den Schnitzeln und goss das Safterl über das Fleisch.
„Wie wenn ich heute Geburtstag hätte!“, lobte ihn die Rosi, als er ihr ein Schnitzel und dazu ein paar Schnitten Baguette auf den Teller legte.
„Aber vitaminmäßig ziemlich mangelhaft“, sagte der Pauli. „Der Mensch soll fünfmal täglich Obst und Gemüse essen, hab ich gelesen.“
„Fünfmal täglich?“ Die Rosi säbelte ihr Schnitzel kreuz und quer auf mundgerechte Happen. „Pudding, das muss ein Druckfehler gewesen sein!“
Sonst, wenn die Rosi alles, was auf ihrem Teller ist, kurz und klein schneidet, bevor sie zu essen anfängt, regt sich der Pauli immer schrecklich auf und hält ihr einen Vortrag über Tischsitten. Um die wiedergewonnene Harmonie nicht zu stören, ließ er das diesmal bleiben.
Die Rosi war gerade mit den Mathe-Hausübungen fertig, da kam die Emily. Der Pauli führte sie ins Wohnzimmer. Die Emily schaute sich anerkennend um.
„Tolle Bude, total super“, sagte sie, ließ sich aufs Sofa fallen und wartete, bis sich der Pauli und die Rosi zu ihr gesetzt hatten.
„Hat er angebissen?“, fragte der Pauli.

„Rennt wie geschmiert!“ Die Emily grinste. „Er hat mich heimbegleitet und mir vor der Tür eine halbe Stunde was vorgequatscht. Dass er Astronaut wird. In Amerika. Und sich immer Horrorfilme reinzieht, wo man eiserne Nerven zum Anschauen braucht. Dicht ist der echt nicht.“

„Das reicht ja für den ersten Tag völlig.“ Der Pauli nickte sehr zufrieden.

„Ist doch noch nicht alles!“, sagte die Emily. „Auf dem Weg zu mir heim sind wir zu Cat & Dog rein und er hat zwei Dosen Hundefutter gekauft! Für den Hund von seinem Onkel angeblich.“

„Super!“, rief der Pauli.

„Ich hab ihn gefragt, ob ich zu ihm mitkommen und mir einen Horrorfilm ausborgen kann“, sagte die Emily, „aber er hat gesagt, dass er nicht heimgeht, sondern mit den Dosen zu seinem Onkel fahren muss und eh schon viel zu spät dran ist. Dann ist er abgedüst.“

„Na, wenn das kein Beweis ist!“, rief die Rosi.

„Leider nur ein Indiz!“, verbesserte sie der Pauli und wollte der Rosi den Unterschied zwischen Beweis und Indiz erklären. Doch die Emily sagte: „Ich bin ja noch immer nicht fertig! Ich bin ihm bis zum nächsten Eck nachgegangen.“

„Hat er dich gesehen?“ Der Pauli schaute erschrocken.

„Keine Spur!“ Die Emily schüttelte den Kopf. „Der ist wie der Blöde gerannt und hat sich nicht umgeschaut. Zur Haltestelle vom Fünfer runter, zu der, wo die Bim stadtauswärts fährt. Und dort hat er gewartet.“

„Emily, das hast du hundertpro super gemacht!“, sagte der Pauli. Und die Rosi nickte dazu. Es fiel ihr nicht einmal schwer. Eine echt gute Leistung hat man anzuerkennen, egal, ob es einem in den Kram passt oder nicht!
„Wie ich in der Klasse erklären soll, dass ich auf einmal mit dem Kevin Freund bin“, seufzte die Emily. „Das weiß ich echt nicht.“
„Bist eben ein edles Kind.“ Der Pauli grinste von einem Ohr bis zum anderen. „Und hast dein Herz für Außenseiter entdeckt.“
„Hauptsache nicht die Wahrheit!“, sagte die Rosi warnend.
„Das ist doch klar!“ Die Evi hob zwei Schwurfinger. „Auf mich ist Verlass, ich schweige wie eine Gruft. Ehre-schwöre!“
Wäre es nach der Rosi gegangen, hätte sich die Emily jetzt verabschieden können. Sie hatte akzeptiert, dass die Emily in Sachen „großer Hexenmeister“ zum Team gehört, aber zu dritt auch noch den Rest der Freizeit zu verbringen, das musste nicht sein!
Doch die Emily dachte gar nicht daran, sich zu verabschieden. Ob sie vielleicht etwas zu trinken haben kann, fragte sie den Pauli. Cola oder so, eiskalt, wenn möglich!
Der Pauli jappelte in die Küche, die Emily lüpfte den Po vom Sofa, nestelte aus einer hinteren Hosentasche ein Sackerl und gab es der Rosi. „Falls du noch immer Zucker-Packerln sammelst.“
„Das weißt du noch?“, staunte die Rosi. An ihre Kaffeehaus-Zuckersackerl-Sammlung hatte sie lange nicht mehr gedacht. Die große Schachtel mit mindestens zweihundert Sackerln verstaubte irgendwo unter ihrem Bett.
„Na hörst? Ich war doch deine beste Lieferantin!“, sagte die Emily.

Die Rosi nickte. Jede Woche hatte ihr die Emily mindestens ein seltenes Zuckersackerl in die Schule mitgebracht. Von ihrem Onkel, der für eine große Firma in der ganzen Welt unterwegs war.
„Erinnerst du dich noch?“ Die Emily kicherte. „Wie der plattfüßige Ober hinter uns her war?“
„Das war vielleicht eine Action“, sagte die Rosi. Mit der Emily war sie einfach in den Schanigarten von einem Kaffeehaus rein und hatte sich mit Zuckersackerln von den Tischen eingedeckt.
„Und die Zuckersackerln hast auf der Flucht alle verloren“, sagte die Emily.
„Wann war denn das? In der dritten oder der vierten Klasse?“ Die Rosi überlegte. „In der vierten muss es gewesen sein.“
Die Emily schüttelte den Kopf. „In der dritten. Weil in der vierten war ich bei dir schon abgemeldet, da bist nur mehr mit dem Pauli zusammengesteckt.“
„Nur weil die Julia plötzlich deine Freundin gewesen ist“, sagte die Rosi.
„Umgekehrt war das“, sagte die Emily. „Aber jetzt ist das längst blunzen.“
Der Pauli kam mit einem Tablett aus der Küche. Darauf waren drei Gläser Orangensaft, in denen Eiswürfel schwammen.
„Frisch gepresst“, verkündete er und verteilte die Gläser. „Und jetzt sollten wir besprechen, wie es weitergeht.“
„Jetzt liegt doch alles an der Emily“, sagte die Rosi. „Wir zwei können bis auf Weiteres gar nichts machen.“
„Morgen habe ich allerdings keine Zeit für den Kevin.“ Die Emily

trank ihren Orangensaft in einem Zug leer. „Mein Papa holt mich von der Schule ab. Ich bin am Wochenende immer bei ihm."
„Kannst du da nicht einmal eine Ausnahme machen?", fragte der Pauli.
Die Emily war dazu nicht bereit. Aber selbst wenn sie wollte, erklärte sie dem Pauli, wäre das nicht möglich. Weil ihre Mutter an den Wochenenden immer zu ihrem Freund ins Burgenland fährt. Und allein darf sie nicht daheimbleiben.
„Dann krieg wenigstens morgen in der Pause raus, wo der Schistal Kevin genau wohnt. Und ruf uns an", verlangte der Pauli.
Die Emily klatschte sich mit der flachen Hand auf den schrägen Pony. „Das hätte ich glatt verschwitzt! Ich habe es ja schon rausgekriegt! Auf dem Nepomuk-Platz wohnt er."
Die Hausnummer wusste sie nicht. Bloß, dass in dem Haus, in dem er wohnt, eine Drogerie ist. Der Kevin hatte ihr erzählt, dass seine Mutter dort Verkäuferin ist.
Dann schaute die Emily auf ihre Armbanduhr und rief: „Oh, du Hölle, ich muss in die Klavierstunde", und düste ab. Und die Rosi fand plötzlich, dass sie ruhig noch länger hätte bleiben können.

8. Kapitel,

in welchem es kein Fleisch gibt,
der Pauli im Alleingang der Wahrheit näher kommt
und dabei höllisch friert.

Die Freitage plätschern in der 3a immer gemächlich dahin, wenn nicht gerade Prüfungszeit ist. Schüler wie Lehrer sehen das entspannende Wochenende schon in Reichweite und sind nett zueinander.

In der Zehn-Uhr-Pause, sein Tramezzino mit Eiaufstrich verspeisend, fragte der Pauli die Lea, ob der Hund ihrer Köchin noch immer futsch ist. Die Lea wusste es nicht, weil die Köchin immer erst ins Wirtshaus kommt, wenn sie schon in die Schule gegangen ist.

Rezept Seite 155

In der letzten Stunde war Religion. Die Rosi besucht den katholischen Religionsunterricht, der Pauli nicht. Darum ist die Schule am Freitag für ihn eine Stunde früher aus und er geht einkaufen. Und wenn die Rosi nach der Religionsstunde andampft, hat er das Mittagessen meistens schon fertig.

Der Pauli kocht am Freitag besonders gern. Da kann er in aller

Ruhe werken, ohne dass die Rosi dauernd jammert, vor Hunger bald umzukommen.

Einen fleischlosen Tag einzulegen, beschloss der Pauli an diesem Freitag. Und da der Fleischtiger Rosi nur ein einziges Gemüse auch solo ohne zu jammern isst, kaufte er im Gemüseladen vier Fenchelknollen und schaute drauf, dass alle vier halbwegs gleich groß waren.

Rezept Seite 164

Daheim angekommen, halbierte er die Knollen, löste die hässliche äußere Schicht ab, schnitt die Stängel weg und kochte die Hälften in Salzwasser mit einem Schuss Zitronensaft. Während die Hälften kochten, überlegte er, ob er die Rosi dazu überreden könnte, den Schistal Kevin gemeinsam einen Tag lang, von früh bis spät, zu observieren. Wenn der Kerl tatsächlich, wie er vermutete, die entführten Hunde jeden Tag mit der 5er-Bim füttern fährt, würde sich ja dann herausstellen, wo die Viecher versteckt sind!

Nach zwanzig Minuten holte der Pauli den Fenchel aus dem Wasser und war sich noch immer nicht sicher, ob die Rosi bereit sein wird, ihr Wochenende für die Observierung zu opfern. Er schmierte eine Pfanne mit Öl aus, öffnete fluchend – weil er mit Dosenöffnern auf Kriegsfuß steht – eine Dose Pomodori pelati, leerte sie in ein Sieb, zerteilte die abgetropften Paradeiser auf grobe Stücke, tat sie in die Pfanne, legte die Fenchelhälften drauf, würzte, goss ein bisschen vom Kochwasser dazu und dachte: Meistens kann ich die Rosi ja zu allem und jedem überreden, aber am Wochenende lang zu schlafen, ist ihr ganz wichtig. Und da schulfrei ist, kann der Schistal Kevin ja schon in der Früh zum Hundefüttern fahren!

Der Pauli hackte Petersilie, Zwiebeln und Knoblauch klein, dünstete den Knoblauch und den Zwiebel in Olivenöl an, tat Semmelbrösel rein, röstete sie goldbraun und dachte: Wenn die Rosi streikt, muss ich es eben mutterseelenallein durchziehen!

Er zog die Pfanne vom Herd, rührte die Petersilie und reichlich Parmesan unter, verteilte den Mischmasch über die Fenchelhälften und schob die Pfanne ins Backrohr.

Kurz bevor der Fenchel fertig war, kam die Rosi.

„Riecht sehr gut", schnupperte sie, zur Küche gehend.

Sie setzte sich zum Tisch. „Auf dem Weg zu dir hat mich die Emily angerufen. Du, die ist echt super. Die zieht dem Kevin auch noch den letzten Wurm aus der Nase."

„Berichte!", verlangte der Pauli aufgeregt.

Während die Rosi eine tüchtige Portion vom gratinierten Fenchel verputzte, berichtete sie: Emilys Vater hatte sich, wie so oft, verspätet. Die Emily hatte vor dem Schultor auf ihn gewartet, und der Schistal Kevin hatte ihr dabei Gesellschaft geleistet und unentwegt gequatscht. Und zwischen lauter Plunder hatte er ihr erzählt, dass er sowieso in der Klasse keinen Freund braucht, weil er einen ganz tollen Freund hat. Der ist zwei Jahre älter als er und geht ins Gymnasium. Und die Freundschaft ist geheim, darüber darf er nicht reden!

„Da legst dich hin und stehst nimmer auf!", sagte der Pauli. „Dann geht der große Hexenmeister zu uns in die Schule, denn dass er im Grätzl wohnt, darüber sind wir uns doch einig."

„Nicht jeder geht dort in die Schule, wo er wohnt", wandte die Rosi

ein. „Mein Cousin fährt quer durch die ganze Stadt, weil meine Tante glaubt, dass dort das beste Gymnasium von Wien ist."
„Dauernd musst du fies unken!", rief der Pauli. „Denk gefälligst einmal positiv!"
„Pudding, bei dir ist positiv und unrealistisch dasselbe", sagte die Rosi. „Und das ist unrealistisch!"
Aber der Pauli war nicht zu bremsen. „Wenn der zwei Jahre älter ist als wir, geht er in eine Fünfte."
„Oder in eine Vierte, falls er sitzen geblieben ist!", ätzte die Rosi.
„Oder falls er hochbegabt ist, in eine Sechste für Genies mit abartigen Neigungen!"
Der Pauli warf ihr einen bitterbösen Blick zu und verließ die Küche.
Die Rosi räumte das schmutzige Geschirr weg und rief ihm nach: „Immer muss ich alles sauber machen und du Depp verdrückst dich!"
Der Pauli atmete dreimal tief durch und kehrte in die Küche zurück.
„Entschuldigung", sagte er zerknirscht und beteiligte sich emsig an der Küchensäuberung. Er wollte doch die Rosi bei Laune halten, damit sie auf seinen Total-Beschattungs-Vorschlag eingeht. Er bot sich sogar großzügig an, den Rest des Küchenputzes alleine zu erledigen. Aber die Rosi war für Arbeitsteilung. So schrubbte er, weil die Rosi das am wenigsten gern tat, die verkrustete Pfanne sauber, während die Rosi den Fliesenboden kehrte.
„Ich will nicht drauf warten, ob die Emily in der nächsten Woche etwas rauskriegt!" Der Pauli kratzte mit dem Drahtwaschel in der Pfanne herum. „Ich habe mir gedacht, wir könnten den Schistal Kevin morgen beschatten."

„Beschatten?“ Die Rosi stellte das Kehren ein. „Ja, wie denn? Willst beim Fünfer warten, bis er Hunderl füttern fährt, falls er das überhaupt tut?“
„Nein!“ Der Pauli stellte die saubere Pfanne auf die Abtropftasse. „Am Nepomuk-Platz müssen wir lauern. Weil vielleicht trifft er sich nämlich vorher mit dem großen Hexenmeister.“
„Du hast doch gar keine Ahnung, wann er weggehen wird“, sagte die Rosi.
„Vor sieben Uhr sicher nicht!“ Der Pauli schaute die Rosi ganz, ganz lieb an. Dieser Pauli-Blick tut fast immer seine Wirkung, dem kann die Rosi schwer widerstehen. Diesmal versagte er.
„Kommt nicht in Frage, Pudding!“ Die Rosi kehrte weiter. „Von mir aus beschatte ich ab Mittag, aber mein Samstagsschlaf ist mir heilig, für alle Hunderln dieser Welt verzichte ich auf den nicht.“
„Dann mache ich es halt allein!“ Der Pauli lehnte sich an den Kühlschrank und starrte die Deckenlampe an.
„Wo willst du denn auf dem Nepomuk-Platz überhaupt lauern? Morgen soll es regnen. Und unterstellen kannst dich dort nirgendwo.“
Da hat die Rosi recht, musste der Pauli zugeben. Auf dem Nepomuk-Platz standen rundherum Wohnhäuser, außer der Drogerie, einem Blumengeschäft und einem Schlüsseldienst gab es dort keine Läden, auch keine Straßenbahn-Haltestelle, bloß viele geparkte Autos vor den Häusern. Und in der Mitte vom Platz stand, in einem Blumenbeet, eine Statue vom heiligen Nepomuk.
„Steh ich eben in einer Tornische!“, sagte der Pauli.
Die Rosi fegte den Dreck, den sie aufgekehrt hatte, mit dem Bart-

wisch-Besen auf eine Schaufel. „Nimm dir ein Stockerl mit! Und zieh dir die Schi-Unterwäsche an, morgen soll es nicht nur regnen, sondern auch kalt werden!"

„Mach dir bloß um mich keine übertriebenen Sorgen!", zischte der Pauli, ging ins Wohnzimmer, legte sich aufs Sofa und schaltete den Fernseher ein.

Die Rosi kam hinter ihm her. „Eigentlich könnten wir jetzt noch ins Schwimmbad gehen!" Das war ein Friedensangebot. Der Pauli ging unheimlich gern schwimmen, die Rosi nicht.

Der Pauli starrte auf den Bildschirm, wo zwei sehr spärlich bekleidete Damen herumhopsten, und gab keine Antwort. Die Rosi wiederholte ihr Angebot in dreifacher Lautstärke.

Ohne die Rosi eines Blickes zu würdigen, sagte der Pauli: „Ich muss mich ausruhen, damit ich morgen fit bin!"

„Ruhe sanft!", murmelte die Rosi, machte kehrt, zog sich im Vorzimmer die Jacke an, schnappte ihren Rucksack und ging aus der Wohnung. Die Tür knallte sie so wütend hinter sich ins Schloss, dass sogar im Wohnzimmer die Fensterscheiben klirrten.

Bis Samstag, sieben Uhr, hoffte der Pauli auf einen Anruf von der Rosi, die ihm sagt, dass sie sich entschlossen hat, bei der Beschattung doch mitzumachen. Und noch auf dem kurzen Weg zum Nepomuk-Platz dachte er: Vielleicht steht sie schon dort, wenn ich komme! Oder dampft bald an! Die Drohung „Dann mache ich es alleine!" hatte doch noch immer gewirkt, ganz egal, ob der Rosi gefallen hatte, was er von ihr wollte oder nicht.

Die Rosi war nicht auf dem Nepomuk-Platz, als der Pauli hinkam, und sie tauchte auch nicht auf. Ein Viertelstündchen stand der Pauli an der Ecke vor dem Haus, in dem der Schistal Kevin angeblich wohnte, dann drehte er, die Hände in den Jackentaschen, die Baseballkappe tief in die Stirn gezogen, langsam Runden um den Platz herum. Es regnete nur ein bisschen, aber ziemlich kalt kam es dem Pauli vor. Viele Menschen waren nicht unterwegs, es herrschte samstägliche Ruhe.
Um halb acht machte der Blumenladen auf und ein dicker Mann stellte ein paar Stauden vor den Laden. Um acht Uhr kam eine Frau aus dem Haus, in dem der Schistal Kevin angeblich wohnte, ging zur Tür der Drogerie, sperrte sie auf und ging rein.
Exakt wie die Emily gesagt hat, dachte der Pauli. Das muss die Mutter vom Kevin sein!
Der Schlüsseldienst blieb geschlossen, der hatte anscheinend am Samstag nicht offen.
Um halb neun kam dann der Schistal Kevin aus dem Haustor.
Der Pauli war gerade beim Blumenladen und ging hinter einem Oleander in Deckung, bereit, dem Kevin in einigem Abstand zu folgen. Aber der Kevin ging bloß in die Drogerie rein.
Jetzt heißt es, den Plan an die Lage anpassen, dachte der Pauli, marschierte eiligen Schrittes zur Drogerie, trat ein und fragte sich, was er da wohl kaufen könnte.
Die Frau, die den Laden aufgesperrt hatte, stand mit einem alten Mann vor einem Regal und zeigte ihm Kräutertee-Packungen. Der Kevin lehnte an der Budel und schaute sich nicht um, als der Pauli

reinkam. Der Pauli ging zu einem drehbaren Ständer mit Samenpackerln und tat, als ob er etwas sucht. Der alte Mann entschied sich für ein Sackerl Salbeitee, zahlte fünf Euro und verließ den Laden. Als er draußen war, sagte der Kevin zur Verkäuferin: „Mama, ich muss jetzt echt dringend wohin, einkaufen gehen kann ich doch später auch noch!“

Die Verkäuferin putzte den Kevin runter. Dass sie darauf besteht, dass er jetzt einkaufen geht, keifte sie. Das ist dringend, und sonst gar nichts! Sie kann auch nicht tun, was sie will, sondern muss sich hier die Beine in den Bauch stehen!

Sie gab dem Kevin einen Zettel, auf dem stand anscheinend, was er einkaufen sollte. Und einen 50-Euro-Schein gab sie ihm auch. Gesenkten Hauptes latschte der Kevin mit dem Zettel und dem Geld aus der Drogerie, ohne den Pauli hinter dem Ständer zu bemerken.
„Und was braucht der junge Herr?“, fragte die Verkäuferin zuckersüß den Pauli.
„Danke, ich habe es mir anders überlegt“, sagte der Pauli und jappelte zur Tür raus.
Der Pauli machte sich darauf gefasst, den Schistal Kevin nun zuerst mal kreuz und quer durch das ganze Grätzl beim Einkaufen beschatten zu müssen. Aber da hatte er sich geirrt. Der Kevin ging schnurstracks den Weg, den der Pauli gekommen war. Bis zum Nachbarhaus vom Pauli. Dort drückte er einen Klingelknopf an der Gegensprechanlage. Welchen, konnte der Pauli nicht sehen. Nur dass er ziemlich weit oben auf der Klingelknopf-Tafel war, sah er. Dann ging das Haustor auf und der Schistal Kevin verschwand im Haus.
Wie vom Blitz getroffen stand der Pauli da. Das war doch unmöglich, dass der große Hexenmeister vielleicht sogar Wand an Wand mit ihm wohnte!
Der Pauli lehnte sich an die Hausmauer zwischen der Trafik und dem 1-Euro-Shop und dachte: Die obersten Klingelknöpfe gehören zum obersten Stock, und im obersten Stock kommt nur einer in Frage! Der Stinker!
Nach zehn Minuten kam der Schistal Kevin wieder aus dem Haus

raus und wieselte die Straße runter. Dem Pauli war klar, dass der Kevin jetzt möglicherweise, falls er die Anordnungen seiner Mutter nicht ernst nimmt, zum Fünfer laufen und zum Hundefüttern fahren wird. Aber er war von seiner Erkenntnis so erschlagen und verwirrt, dass er dem Schistal Kevin bloß hinterherglotzte und, als der nicht mehr zu sehen war, heimwankte.

Den Samstagvormittag widmet die Pauli-Mama ihrem schönen Leib. Mal badet sie in viel Schaum, mal klatscht sie sich viel weißen Papp ins Gesicht, mal gibt sie ihren Haaren einen neuen Farbton. Der Pauli schaut ihr dabei ungern zu. Aber nun war das nötig, denn seine Mama lebt seit ihren Babytagen in dieser Wohnung und kennt so ziemlich jeden, der im Grätzl wohnt.

Der Pauli klopfte kurz und ging, ohne auf ein „Herein" oder etwas Ähnliches zu warten, ins Bad rein, in dem es garantiert seine feucht dampfenden dreißig Grad hatte. Doch das war dem Pauli nur recht. Er war total durchfroren.

„Was verschafft mir die Ehre?" Die Pauli-Mama hatte ein Bein in Arbeit. Mit einem elektrischen Rasierapparat entfernte sie Härchen von der Wade. Auf dem Kopf hatte sie einen Handtuch-Turban, ansonsten war sie aller Klamotten ledig. Prüde geht es beim Pauli daheim nicht zu.

Der Pauli setzte sich auf den Rand der Badewanne.

„Wo bist denn in aller Herrgottsfrühe hin?", fragte die Mama.

„Hast schon gefrühstückt?"

Heikle Fragen ignoriert der Pauli.

Die Mama hatte noch nicht gefrühstückt. Sie legte den Rasierapparat weg, schlüpfte in den Bademantel und sagte: „Ich mach dir ein schönes Frühstück!“
„Du? Mir?“ Der Pauli glaubte, sich verhört zu haben.
„Frühstück kann ich, Sohnemann“, sagte die Mama. „Und sichtlich hast was auf dem Herzen, das kannst mir ja erzählen, während ich Kaffee mache und Eier koche.“
Der Pauli ging hinter der Mama her in die Küche und lehnte sich an den Kühlschrank. Die Mama schaltete die Espresso-Maschine ein.
„Für dich Tee oder Kakao?“, fragte sie.
„Den Kakao mach ich mir selber.“ Der Pauli verdächtigte seine Mama, keine Ahnung zu haben, hinter welcher Schranktüre das Kakaopulver steht.

Rezept Seite 166

Und die Eier kochte er dann auch. Seine Mutter benimmt sich nämlich in der Küche immer so, als hätte sie einen unerforschten Kontinent betreten.
Aber schließlich saßen der Pauli und seine Mama doch beim Küchentisch vor einem üppigen Frühstück.
„Also um was geht es?“ Die Mama klopfte auf ihrem Ei herum.
Der Pauli deutete in Richtung Nachbarhaus. „Was weißt du über den Stinker?“
„Wer soll denn das sein?“ Die Mama kletzelte Schalenfuzerln von ihrem Ei.
„Ich glaube, Staudinger heißt er, und geht bei uns in eine Fünfte. Wir nennen ihn so, weil er drei Meter gegen den Wind nach Mottenkugeln stinkt.“

Sehr viel konnte die Mama dem Pauli leider nicht erzählen. Nur, dass der Stinker Franz Ferdinand heißt. Und dass diese Staudingers komische Leute sind. Und dass der Franz Ferdinand ein widerliches Kleinkind gewesen ist.
„Wenn ich in der Babypause mit dir im Kinderwagen im Park gewesen bin, hab ich den oft in der Sandkiste beobachtet. Hat sich ihm ein anderes Kind genähert, hat er dem ein Schauferl voll Sand ins Gesicht geworfen. Grundlos!“ Die Mama schüttelte, sich erinnernd, den Kopf. „Dann ist die Staudinger zur Sandkiste hin und hat den Franz Ferdinand an einem Ohrwaschel gepackt und brutal gebeutelt. Und er hat gebrüllt. Aber zehn Minuten später hat er wieder mit Sand geschmissen!“ Die Mama löffelte das letzte bisschen Dotter aus ihrem Ei und schob, das Eiweiß verschmähend, den Eierbecher weg. „Eine ungute Type ist diese Frau. Und er, der Staudinger, auch.“
„Sind die arm oder haben die viel Geld?“, fragte der Pauli.
Die Pauli-Mama zuckte mit den Schultern. „Arm sind sie sicher nicht. Sie verdient zwar nichts, spielt nur Hausfrau, aber er ist Filialleiter in einer Sparkasse, oder so etwas in der Preislage. Aber wie ich die einschätze, gönnen sie sich nichts. Was sie anhat, ist jedenfalls vom Billigsdorfer.“
Abschließend sagte die Pauli-Mama noch: „Lass die Finger von dem, Pauli! Ich habe ihn zweimal im Supermarkt beobachtet, wie er geklaut hat. Ich hab aber nichts gesagt, weil bei einer Mutter, die einen Zweijährigen brutal am Ohrwaschel beutelt, halte ich lieber den Mund!“

Und dann kehrte sie ins Bad zurück, um sich die Haare zu föhnen.
Der Pauli rief die Rosi an. Ihr Handy war abgeschaltet. So rief er bei der Rosi daheim an und erfuhr, dass die Rosi mit ihrem Papa unterwegs ist.
Zu Mittag lud die Mama den Pauli auf eine Pizza ein. Zu einem Italiener in der Stadt. Die ersten zwei Tiefgaragen, zu denen die Mama fuhr, waren voll besetzt, erst in der dritten waren noch Parkplätze frei.
Der leichte Regen vom Morgen war zu einem Dauer-Wolkenbruch geworden, und der Italiener, den sich die Mama in den Kopf gesetzt hatte, war von der Garage ziemlich weit weg. Der Pauli wurde waschelnass, weil zwei ungleich große Menschen nicht unter einen Regenschirm passen, und die Mama vor allem ihre Lockenpracht schützte.
Fröstelnd hockte der Pauli in der Pizzeria. Die Schuhe hatte er unter dem Tisch ausgezogen, die waren quietschnass.
„Weil du immer herumrennst, als wäre Sommer", sagte die Mama.
Den Tick hat der Pauli wirklich. Dicke Pullis, gefütterte Jacken, wollene Hosen und feste Schuhe mag er nicht, Mützen und Schals hasst er und eine lange Unterhose ließe er sich nicht einmal am Nordpol aufschwatzen.
„Ich muss mir noch schnell Schuhe kaufen", sagte die Mama beim Dessert. „Du könntest auch welche brauchen."
Der Pauli zog einen schuhlosen Fuß unter dem Tisch vor und hob ihn hoch. Der Socken hatte Wasserflecken, aus einem Loch auf der Sockenspitze schaute die große Zehe raus. Die Mama schlug vor, zuerst neue Socken zu kaufen.

„Geh du Schuhe kaufen, ich geh heim." Der Pauli schlüpfte in seine nassen Latschen.
Die Mama bot an, ihn heimzufahren.
„Die Haltestelle vom Bus ist näher als die Garage", sagte der Pauli und marschierte los.
Zuerst musste er in strömendem Regen auf den Bus warten, dann auf die Straßenbahn, und als er endlich daheim ankam, konnte er seine Klamotten auswringen. Ein heißes Bad, dachte er, wird mich wieder fit machen.
Aber nach dem heißen Bad war er so müde, dass er sich im Wohnzimmer auf dem Sofa unter das Plaid kuschelte und einschlief. Er wurde munter, als seine Mama mit vier Tragetaschen vom Shoppen heimkam, und da war es draußen schon dunkel.
„Ich hab beim Italiener die Vorspeisen-Vitrine fürs Nachtmahl geplündert", sagte sie.
Doch dem Pauli war nicht nach essen zumute. Ihn fröstelte, in seinem Hals kratzte es, seine Nase tropfte. Ein paar Stunden döste er noch vor dem Fernseher, dann wechselte er in sein Bett über und verschob das Fitwerden auf den Sonntag.

9. Kapitel,

in welchem der Pauli mit Ingwer-Zitrone-Limo seine Stimme kuriert und die Rosi große Angst um ihn bekommt.

Leider war der Pauli am Sonntag überhaupt nicht fit. Er krächzte, als wären seine Stimmbänder über Nacht rostig geworden, in seinen Ohren kitzelte es ganz komisch, seine Nase war total verstopft, tropfte aber trotzdem, Kopfweh hatte er auch, dazu musste er noch niesen und zwischendurch ein bisschen husten.

Der Pauli tappte barfuß in die Küche, um sich seine Spezial-Grippe-Limo zu machen, aber dort war seine Mama. Die scheuchte ihn ins Bett zurück und erklärte, dass sie ihm einen schönen, heißen Majorantee machen wird. Mit viel heilendem Honig drin. Ist der Pauli krank, erwacht in seiner Mama das ansonsten schlummernde Muttertier. Und Muttertiere kochen nicht nur Tee, sie machen auch Vorwürfe.

„Aber mir glaubst du ja nicht, wenn ich dir sage, dass du immer viel zu wenig anhast!" Die Pauli-Mama rührte den Honig im Tee auf.

„Da kann man reden, was man will und sooft man will, es nutzt rein gar nichts!"
„Das ist garantiert eine Virusinfektion!", krächzte der Pauli. „Die haben in unserer Klasse jetzt viele."
„Und ich bin der Osterhase!", sagte die Mama.
Der Pauli schaute auf die Uhr. Es war kurz nach elf. Und seine Mutter war noch im Bademantel. Und ohne Ausgehfrisur. Am Sonntag geht sie immer mit ihrem Freund Mittag essen. Der holt sie um halb zwölf ab. Aber er wartet im Auto auf der Straße unten. Angeblich weil der Pauli nicht nett genug zu ihm ist.
„Hat dich dein glutäugiger Latin-Lover heute versetzt?", wollte der Pauli hustend wissen. Der Freund seiner Mama ist wahrlich kein glutäugiger Latin-Lover, sondern ein grundseriöser Herr mit Halbglatze und Hornbrille vor den blassblauen Augen. Der Pauli nennt ihn bloß so, weil das seine Mama ärgert. Und sie ärgert sich, Paulis Meinung nach, deswegen, weil sie lieber einen tollen Latin-Lover hätte als diesen Bürohengst.
„Ich lass doch mein kränkelndes Baby nicht allein!" Die Mama gab ihm das Häferl mit dem Majorantee. „Nimm nur kleine Schlucke, ist noch heiß!"
Dem Pauli reichte die mütterliche Zuwendung nun wirklich. Und der komische Majorantee roch zum Kotzen, den wollte er auf gar keinen Fall trinken! So versicherte er seiner Mutter, dass er sehr gut alleine zurechtkommt und sogar wesentlich schneller gesund wird, wenn sie ihm mit ihrer Hege und Pflege nicht länger auf die Nerven geht.

„Hau schon ab!“, krächzte er. „Sonst muss ich noch aufstehen und dir ein Mittagessen kochen!“

Und die Pauli-Mutter tat brav und ziemlich willig, was ihr der Sohn aufgetragen hatte. Der Pauli wartete, bis sie zur Wohnungstür draußen war, dann stand er auf, tappte wieder in die Küche, goss den grauslichen Majorantee in den Ausguss, stellte den Teekessel noch mal auf den Herd und braute sich seine Spezial-Grippe-Limo. Dazu schnitt er eine Bio-Zitrone und eine dicke Knolle Ingwer auf allerdünnste Scheibchen, tat die Scheibchen schichtenweise in ein Glas, streute reichlich Kandiszucker drüber und goss, als der Teekessel pfiff, das Glas mit siedendem Wasser voll.

Rezept Seite 167

Bei der Ingwermenge hatte er etwas übertrieben. Das Gesöff trieb ihm die Tränen in die Augen und raubte ihm kurzfristig den Atem. Aber es wirkte. Seine Stimme war nachher so weit wiederhergestellt, dass er sich zutraute, die Rosi anzurufen, um ihr endlich ausführlich von seiner nun nicht mehr brandneuen, aber brandheißen Erkenntnis zu berichten.

Die Rosi war richtig geschockt. „Der Stinker? Wirklich? Der Stinker? Der Stinker aus unserer Schule?“, fragte sie gut zehnmal, bis sie es endlich glaubte.

„In echt heißt der Kerl übrigens Franz Ferdinand“, sagte der Pauli. „Da wäre mir ja Stinker noch lieber!“

„Franz Ferdinand heißt er?“ Die Stimme der Rosi wurde noch aufgeregter. „Und hinten dran?“

„Ganz normal. Staudinger“, sagte der Pauli. „Kaiser täte zwar besser passen, aber man kann ja nicht alles haben.“

„Pudding!“, kreischte die Rosi. „Jetzt hat Kommissar Zufall aber echt eingegriffen! Ich hab ja gewusst, dass in der Not auf ihn Verlass ist. Ich bin in zehn Minuten bei dir!“
Verdutzt starrte der Pauli das Telefon an und dachte: Spinnt die Süße? Ich kriege selber raus, wer zu neunundneunzig Prozent der große Hexenmeister sein muss, und hole mir dabei einen Stockschnupfen, Ohrenstechen, Husten und Heiserkeit, und sie redet vom Kommissar Zufall! Die ist wohl über Nacht komplett meschugge geworden?
Die Rosi war bereits nach drei Minuten da. Völlig außer Atem schnaufte sie zur Tür rein. Sie hielt sich auch nicht lange damit auf, den Pauli wegen seiner Erkältung zu bedauern, sondern legte gleich los.
„Pudding, der gütige Kommissar Zufall hat gestern am Abend meine Emma-Tante zu uns geschickt!“, rief sie.
„Deine Emma-Tante kommt doch jeden Samstag“, krächzte der Pauli. Die Ingwer-Zitrone-Limo hatte anscheinend nur eine Kurzzeit-Wirkung.
„Ja, aber sonst quatscht sie nur Plunder“, sagte die Rosi. „Und was sie gestern am Abend gequatscht hat, habe ich zuerst ja auch für Plunder gehalten, weil sie hat sich über ihren Nachbarn im Schrebergarten beschwert, dass ihr der sogar jetzt, wo niemand mehr in den Gärten ist, das Leben zur Hölle macht.“
„Rosi“, unterbrach sie der Pauli. „Du bist echt über Nacht komplett meschugge geworden!“
„Bin ich nicht!“ Die Rosi grinste von einem Ohr bis zum anderen.

„Der blöde Schrebergarten-Nachbar heißt nämlich Staudinger und hat einen hässlichen jugendlichen Sohn mit dem Vornamen Franz Ferdinand! Hat die Emma-Tante extra erwähnt, weil sie meint, dass einer, der sein Kind heutzutage so nennt, sowieso eine Meise haben muss. Und ich trau mich wetten, dass es in ganz Wien nur einen Knaben gibt, der so blöd heißt!"

„Erzähl mir jedes Detail!", verlangte der Pauli und hielt die Rosi absolut nicht mehr für meschugge.

Und die Rosi nickte und erzählte dem Pauli, was sie wusste. Und das war – im Detail – Folgendes: Die Emma-Tante hat in der Kleingartenanlage „Seelenfrieden" einen Schrebergarten. Den liebt sie, aber sie denkt nun trotzdem daran, ihn zu verkaufen und sich woanders einen Garten zu suchen. Wegen des unausstehlichen Nachbarn namens Staudinger. Sogar jetzt, im November, wo weder sie noch er noch sonst jemand im Schrebergarten ist, macht er ihr das Leben zur Hölle. Schreibt ihr Briefe, dass sie bis zum Frühjahr ihren schönen Apfelbaum umsägen muss, weil der seinen Garten unzulässig beschattet. Und wenn er ab Mai wieder im Garten ist, erwartet er von ihr, dass sie den Löwenzahn mit einem Spritzmittel bekämpft, weil sonst der Wind den Pusteblumensamen zu ihm rüberweht. Und wenn sie das nicht tut, zeigt er sie bei der Schrebergarten-Verwaltung an. Und die Ehefrau und der Franz Ferdinand haben bei dem Ungustl nichts zu melden, die müssen parieren. Wenn er vom Franz Ferdinand etwas will, dann pfeift er nach ihm wie nach einem Hund.

„Denkst du das Gleiche wie ich?", fragte der Pauli.

Die Rosi nickte, holte einen Stadtplan aus ihrer Umhängetasche und blätterte sich zu der Seite vor, auf der ihr Bezirk ist.
Sie tippte mit einem Zeigefinger auf ein kleines, schwarzes Ringerl. „Da hab ich die Haltestelle vom Fünfer in der Jagdstraße markiert!"
Der Pauli fuhr mit seinem Zeigefinger die lange rote Linie entlang, die anzeigt, durch welche Straßen der Fünfer bis zur Endstation fährt.
„Und das da hier …" Die Rosi tippte auf ein kleines, grünes Quadrat, gleich bei der Endstation vom Fünfer. „… ist die Gartenanlage ‚Seelenfrieden'! Der Schrebergarten von meiner Emma-Tante ist in der ersten Reihe der letzte. Also muss der Schrebergarten vom Stinker doch wohl der vorletzte in der ersten Reihe sein."
„Wo ist denn die erste Reihe?", krächzte der Pauli. „Vorne oder hinten, links oder rechts?" Er deutete auf die Kanten vom kleinen, grünen Quadrat.
Das wusste die Rosi aber auch nicht. Sie war noch nie in diesem Schrebergarten gewesen. Sie wusste nur, dass ihre Tante gesagt hatte, ihr Schrebergarten sei der schönste, weil er der letzte in der ersten Reihe ist, und daher niemand an ihrem Zaun vorbeigehen muss, um zu seinem Garten zu kommen.
„Dann kommen also vier Gärten als Hunds-Versteck infrage", verkündete der Pauli heiser. „Die an den Ecken!"
„Bis morgen weiß ich, welcher es ist", sagte die Rosi. „Das ist die leichteste Übung, ich muss nur meine Emma-Tante fragen. Und dass ihre Gartenhaustür knallrot lackiert ist, weiß ich sowieso, das hat sie erwähnt. Weil auch darüber hat sich der Vater vom Stinker aufgeregt."

„Wieso … morgen? Wir fahren jetzt … gleich hin!“, quetschte der Pauli hervor, von zwei gewaltigen Niesern unterbrochen. „Wir gehen einfach alle Seiten ab.“
Aber die Rosi weigerte sich entschieden, jetzt gleich mit dem Pauli loszumarschieren. Der Pauli erschien ihr nicht fit genug für diesen Ausflug ins windige, regnerische Grüne. Und auf einen Tag, fand sie, kommt es nun, wo schon alles ziemlich sonnenklar ist, doch wirklich nicht an!
„Ich bin eh schon wieder fit wie ein Turnschuh!“ Der Pauli wollte ins Bad gehen.
„Du bist fit wie ein alter Filzschlapfen!“, protestierte die Rosi. „Leg dich wieder hin und gib Ruh! Wir verpassen gar nichts, wenn wir bis morgen warten.“
Der Pauli musste ihr recht geben. Fit war er wirklich nicht. Sogar senkrecht zu stehen fiel ihm schwer. Und zu gehen noch schwerer. Er kehrte kleinlaut aufs Sofa zurück und bat die Rosi, ihm aus seinem Zimmer die dicke Decke zu bringen. Das Plaid war ihm zu dünn, darunter fror er. Die Rosi brachte ihm nicht nur die dicke Decke, sondern auch noch ein Glas vom Ingwer-Gesöff, hergestellt nach Paulis gekrächzter Anweisung.
Der Pauli ließ sich von der Rosi zudecken, schluckte seine Ingwer-Zitronen-Limo und murmelte: „Okay, wenn du unbedingt darauf bestehst, dann schlafe ich mich halt bis morgen in der Früh pumperlgesund.“
„Ich erkundige mich am Abend nach dir!“, versprach die Rosi, bevor sie heimging.

Am Abend dann, als die Rosi anrief, teilte ihr die Pauli-Mama mit, dass der Pauli schon schläft, dass es ihm aber sichtlich viel besser geht, und er sie gebeten hat, der Rosi auszurichten, dass er morgen garantiert wieder topfit ist und in die Schule kommt und zu allem bereit sein wird.
„Rosi, was meint denn mein Sohnemann eigentlich mit ‚zu allem bereit'?", wollte die Pauli-Mama wissen.
„Das ist bloß so ein allgemeiner Spruch", schwindelte die Rosi. „Das heißt nichts Bestimmtes!"
„Wer's glaubt, wird selig", murmelte die Pauli-Mama resigniert. Aber sie bohrte nicht weiter nach, denn ihr war klar: Was ihr der Pauli nicht erzählen will, erzählt ihr die Rosi schon gar nicht.

Dass der Pauli am Montag beim Läuten noch nicht in der Klasse war, störte die Rosi nicht. Er kommt doch oft erst nach acht Uhr angekeucht! Aber der Pauli kam auch nicht zu spät. Und er kam auch in der Pause nach der ersten Stunde nicht.
Na, dann ist er eben doch nicht über Nacht topfit geworden, dachte die Rosi. Wäre ja eh ein Wunder gewesen, so verkühlt wie der war, das übersteht man in einem Tag nicht!

In der Zehn-Uhr-Pause ging die Rosi mit ihrem Handy auf den Gang raus und rief beim Pauli daheim an. Es klingelte fünfmal, dann meldete sich der Anrufbeantworter und teilte der Rosi mit, dass weder die Barbara noch der Paul Pistulka daheim sind, aber sich später sehr gern anhören werden, was der werte Anrufer auf

Band gesprochen hat. Das kam der Rosi sehr merkwürdig vor. So krank, dass er nicht telefonieren kann, dachte sie, ist er doch garantiert nicht! Er hat ja nur eine stinknormale Verkühlung gehabt, und zum Telefonieren ist der Pauli noch immer fit genug gewesen! Während der Mathestunde keimte in ihr ein Verdacht auf, der bis zur Pause vor der letzten Stunde fast zur Gewissheit wurde. Sie war sich sicher, dass der Pauli, statt brav in die Schule zu gehen, allein zur Kleingarten-Anlage „Seelenfrieden" gefahren war, um rauszubekommen, welcher Garten der vom Stinker ist. Und das nahm sie ihm übel. Sehr übel sogar. Waren sie nun ein Team oder nicht? Da tut er immer so, als würde er alles nur mit ihr zusammen machen wollen, und wenn es dann richtig toll aufregend wird, dann startet er, ohne mir Bescheid zu sagen, einen Alleingang! Das wird er büßen, dachte sie. Unsere Freundschaft hat jetzt mindestens eine Woche totale Auszeit! Das schwöre ich mir eisern! Aber nach der Schule gehe ich noch schnell zu ihm und schleudere ihm das alles knallhart auf die Schnupfennase! Damit er weiß, was Sache ist, nämlich, dass er mit mir bei der Aufklärung des Falls nicht mehr rechnen kann! Sang- und klanglos nehme ich das nicht hin, ich lasse mir von ihm sowieso immer viel zu viel gefallen!

Die Rosi klingelte an der Haustür vom Pauli Sturm. Ewig lange. Dann versuchte sie es mit dem Klingelknopf der Frau Mader. Die meldete sich sofort und machte der Rosi die Haustür auf.
Die Rosi lief die Treppe rauf und versuchte ihr Glück auch noch an der Wohnungstür vom Pauli.

„Der ist sicher nicht daheim." Die Frau Mader, den unwillig strampelnden Karli an die Brust gedrückt, war aus ihrer Wohnung auf den Gang rausgekommen. „Wenn er schon heimgekommen wäre, hätte ich das gehört."

Und dann erzählte sie der Rosi, dass der Pauli heute ganz zeitig am Morgen weggegangen ist. Ein paar Minuten vor sieben Uhr hat sie ihn auf der Straße, wie sie den Karli Gassi geführt hat, getroffen. Seinen Schulrucksack hat er nicht dabei gehabt. So schnell ist er an ihr vorbei, dass sie nicht dazu gekommen ist, ihn zu fragen, wo er hingeht. Und wie sie vom Gassi-Gehen heim ist, ist die Frau Pistulka gerade zu ihrem Auto gegangen. Und sie hat die Frau Pistulka gefragt, wo denn der Pauli so früh schon hingegangen ist. Und die Frau Pistulka hat gesagt, dass sie das selber gern wüsste.

Die Rosi bedankte sich für die ausführliche Auskunft und lehnte das Angebot, bei der Frau Mader ein gutes „Steirisches Wurzelfleisch" zu essen, freundlich ab.

Langsam ging sie die Treppe runter. Da muss etwas passiert sein, dachte sie, das geht nicht mit rechten Dingen zu. Wäre er bloß zu den Schrebergärten gefahren, müsste er doch längst zurück sein. Und da sich der Depp ja stur weigert, ein Handy zu haben, kann ich ihn nicht erreichen!

Mit dem Pauli und dem Handy ist das so eine Sache! Zuerst hat ihm seine Mama keines genehmigt. Kinder brauchen so ein Ding nicht, hat sie erklärt. Und weil er in der Schule nicht zugeben wollte, dass ihm seine Mutter kein Handy kaufen will, hat er allen gesagt, dass er kein Handy haben will und die ewige Handy-Telefoniererei und

SMS-Schickerei für saublöd hält. Ein paar Monate später hat ihm dann sein Vater ein Handy schenken wollen, und seine Mama hätte auch nichts mehr dagegen gehabt, aber da hat er abgelehnt. Wie hätte denn das ausgeschaut, wenn Pudding-Pauli, der Handy-Verächter, plötzlich selber so ein Handy gehabt hätte? Da hätten ihn doch alle ausgelacht! Und auslachen lässt sich der Pauli nicht gern.

Die Haustür klappte gerade hinter der Rosi ins Schloss, da kam Hühnergegacker aus ihrer Jackentasche. Die Rosi griff nach ihrem Handy und dachte erleichtert: Na endlich rührt er sich! Doch auf dem Display stand: *Emily ruft an*.

„Du, Rosi", sagte die Emily, „ich wollt nur schnell melden, dass der Schistal Kevin heute nicht in der Schule gewesen ist. Angeblich unentschuldigt. Glaubt ihr, soll ich ihn daheim besuchen? Oder wirkt das vielleicht zu aufdringlich?"

„Emily, da muss etwas schiefgegangen sein! Der Pauli ist auch verschwunden!" Die Rosi war fast am Heulen. „Kann ich schnell zu dir kommen?"

„Na sowieso", sagte die Emily und die Rosi jappelte los.

10. Kapitel,

in welchem der Pauli nicht mit brutaler Gewalt rechnet und der Kevin gottlob etwas nicht tun will.

Dem Pauli war wahrlich „etwas schiefgegangen"! Nach dem ziemlich verschlafenen Sonntag war er schon um fünf Uhr am Morgen munter gewesen. Fit wie ein Turnschuh hatte er sich zwar nicht gefühlt, aber doch halbwegs gesund und einsatzfähig. Und da war er in seinem Bett gelegen, und in seinem Kopf waren die Gedanken blitzschnell Ringelspiel gefahren.

Vielleicht, hatte er gedacht, hat die Köchin der Lea bereits die „Aufwandsentschädigung" in irgendeinem Papierkorb oder sonst wo hinterlegt, und dann bringt garantiert heute in der Früh der Schistal Kevin den Pekinesen wieder dorthin zurück, von wo er ihn entführt hat! Und das muss er noch vor der Schule machen, weil einfach die Schule schwänzen traut sich der Kevin bei so einer Beißzangen-Mutter sicher nicht. Also muss er den Hund spätestens um halb acht Uhr aus dem Schrebergarten abholen. Und wenn der Hund dann nicht mehr im Gartenhaus ist, sind alle Beweise weg. Dann glaubt

uns vielleicht niemand mehr die Wahrheit. Was heißt denn da vielleicht? Überhaupt nicht wird man uns glauben, als ausgedachten Kinderkram wird man alles abtun!
Das hatte den Pauli einfach aus dem Bett rauskatapultiert. Zeit, den Pyjama auszuziehen, hatte er sich nicht genommen, den hatte er statt Unterwäsche anbehalten. Und dann war er losgedüst, zur Jagdstraße runter, zur Haltestelle der Linie 5.
Stark geregnet hatte es und eisiger Wind war ihm entgegengekommen. Kein einziger Mensch hatte bei der Haltestelle gewartet. Der Pauli war in einer Tornische in Deckung gegangen. Nicht nur, um nicht bis auf die Knochen nass zu werden, sondern vor allem wegen dem Schistal Kevin. Hätte ja sein können, dass der gerade jetzt andampft.
Dann war der Fünfer in die Haltestelle gefahren, der Pauli war in die Bim gesprungen, die Bim war abgefahren und Paulis Meinung nach viel zu langsam die Straße runtergezockelt.
Der Pauli hatte sich in der fast leeren Straßenbahn hingesetzt und gedacht: Entweder holt der Kevin den Hund heute oder morgen. Steht also fünfzig zu fünfzig für heute, und das ist eine gute Chance! Daran, dass die Köchin gar nicht zahlen und zur Polizei gehen könnte, glaubte er sowieso nicht. Warum sollte gerade sie nicht tun, was alle anderen getan hatten? Und dass er der Rosi nicht Bescheid gesagt hatte, fand er vernünftig. Die hätte er doch extra aufwecken müssen, die kroch ja immer erst zehn Minuten nach sieben Uhr aus den Federn. Und mitgekommen wäre sie sowieso nicht!
Eine Viertelstunde später war der Pauli bei der Endstation vom

Fünfer gestanden und hatte sich ratlos umgeschaut und gefragt, welche der zwei Gassen, die vom kleinen Platz weggehen, wohl zur Kleingartenanlage „Seelenfrieden“ führt. Auf dem Stadtplan hatte das einfacher ausgesehen.
Schließlich hatte sich der Pauli für die schmälere der Gassen entschieden und war sie steil bergauf marschiert, bis er am Ende der Gasse vor einer Reihenhaus-Siedlung kehrtgemacht hatte, zur Endstation zurückgelaufen und die andere Gasse hinaufmarschiert war. Nach ein paar Minuten war er zu einem Gittertor gekommen, über dem, aus Eisen geschmiedet, in riesigen Buchstaben „Seelenfrieden“ geprunkt hatte. Das Gittertor war offen gestanden, keine Menschenseele war weit und breit zu sehen gewesen.
Der Pauli war durch das Gittertor gegangen und den ersten Weg am Zaun entlang, und hatte sich vorgesagt: An einer Ecke der Anlage, rote Gartenhaustür, und großer Apfelbaum beim Zaun zum Nachbarn hin! Diesmal hatte er gleich Glück gehabt. An der ersten Ecke der Anlage war das Gartenhaus mit der rot lackierten Tür gewesen und ein großer, kahler Baum, dicht am Zaun zum nächsten Garten. Bei kahlen Bäumen kennt sich der Pauli nicht aus. Es hatte aber nichts dagegen gesprochen, dass das ein Apfelbaum sein könnte.
Jetzt, hatte sich der Pauli gesagt, kommt der Moment der Wahrheit, jetzt stellt sich raus, ob wir uns nur Blödsinn zusammengereimt haben oder nicht! So sicher, auf der richtigen Spur zu sein, wie noch vor einer halben Stunde, war er sich nicht mehr gewesen. Rasant hatte sein Herz geklopft, wie er am Zaun der Emma-Tante vorbei, halbwegs von Liguster-Stauden verdeckt, um die Ecke zum

Schrebergarten geschlichen war, der laut Rosi den Stinker-Eltern gehört. Und da hatte er die sperrangelweit offene Gartentür gesehen, und dann, dass in der hölzernen Tür vom Gartenhaus ein Schlüssel steckt. Und da hatte – wie man so sagt – sein Hirn ausgesetzt! Ohne viel zu überlegen, war er in den Garten reingesprintet, zum Gartenhaus hin, und hatte die angelehnte Tür aufgerissen.
Der Schistal Kevin war mitten im Gartenhaus auf einem Stockerl gesessen, mit einem kleinen Hund auf dem Schoß, und hatte versucht, dem jaulenden Vieh ein Halsband umzubinden. Der Pauli hatte einen Schritt auf ihn zugemacht. Der Schistal Kevin war erschrocken aufgesprungen und hatte den kleinen Hund einfach weggeschleudert. Quer durch den Raum, in die Luft! Und der Pauli hatte dem armen Vieh entsetzt nachgeschaut. Ohnehin kaum eine halbe Sekunde lang! Doch die hatte dem Schistal Kevin gereicht. Er hatte dem Pauli eine Faust in den Magen gewummert, der Pauli war zur Seite getaumelt, und der Schistal Kevin war auch schon zur Tür draußen gewesen. Die Tür war zugeknallt und der Schlüssel hatte sich im Schloss gedreht.
Und da saß der Pauli nun, in seinen nassen Klamotten, vor Kälte bibbernd, den jaulenden Pekinesen auf dem Schoß, und hatte einen maßlosen Zorn auf sich selber. Diese Niederlage würde er sich bis an sein Lebensende nicht verzeihen! Sich so überrumpeln zu lassen! Der Schistal Kevin war kein bisschen größer als er, und auch nicht stärker. Den hätte er sicher überwältigt, wenn er auf den Angriff vorbereitet gewesen wäre. Aber mit brutaler Gewalt hatte er halt überhaupt nicht gerechnet. Obwohl er doch wusste,

dass es im Leben nicht immer friedlich zugeht, und dass man auf der Hut sein muss, wenn man sich mit Gaunern anlegt!
Bloß drei Räume hatte das Gartenhaus. Den, in dem der Pauli hockte, und dahinter ein kleines WC und eine fensterlose Kammer, die vollgeräumt war mit Liegestühlen, Kübeln, einem Sonnenschirm, viel aufgerolltem Gartenschlauch, etlichen Gießkannen und allerlei Gartengeräten. Ein paar schäbige Herrenjacken und einige Strohhüte hingen auch an der Wand.
Das kleine Zimmer, in dem der Pauli und der Pekinese waren, hatte zwei Fenster, beide vergittert. In der versperrten Tür war auch ein kleines Fenster, ebenfalls mit Gitter davor. Außer zwei Stockerln, einem kleinen Tisch und einer alten Küchenkredenz gab es keine Möbel. Und an der Holzwand zum WC und zum Kammerl hin waren eine Abwasch und eine Kochplatte auf einem Eisengestell. Unter dem Tisch standen eine offene Dose Hundefutter und eine kleine Schüssel. Die war leer. Vermutlich war einmal Wasser drin gewesen. Und auf dem Linoleum-Boden waren ein paar kleine Lackerln und ein Hunds-Würstel.
Alle paar Minuten stand der Pauli auf, stellte den Pekinesen aufs Linoleum, ging zur Tür und trat, so fest er konnte, gegen sie, doch die Tür blieb bummfest geschlossen. An den Fenstergittern hatte er sich auch schon erfolglos abgearbeitet. Die Gitterstäbe hatten sich keinen Millimeter verbiegen lassen, und an ihnen rütteln hatte genauso wenig gebracht.
Dann bekam der Pauli Durst. Er nahm ein Häferl aus der Küchenkredenz und wollte es bei der Abwasch mit Wasser füllen.

Aber es kam kein Tropfen Wasser aus dem Hahn. Schrebergärtner machen ihre Gärten eben winterfest, und dazu gehört, dass die Schrebergarten-Verwaltung den Hauptwasserhahn beim Gittertor zudreht, damit die Wasserleitungen im Winter nicht einfrieren. Der Pauli kehrte auf das Stockerl zurück, der Pekinese sprang ihm wieder auf die Schenkel, er streichelte den Hund ein bisschen und merkte, dass sich langsam Panik in ihm breitmachen wollte. Niemand wusste, dass er hier war! Also konnte sich auch niemand aufmachen, um ihn zu befreien! Und einem, der brutale Fausthiebe austeilt, dem ist es vielleicht auch schnuppe, ob jemand in einem Schrebergarten verdurstet!

Wäre ich doch nicht so stur gewesen, ein Handy abzulehnen, dachte der Pauli. Jeder außer mir könnte jetzt einfach wen anrufen und Hilfe herholen. Nur ich Trotteldepp kann es nicht! Alles ist meine Schuld!

Die Selbstvorwürfe halfen gegen die Panik nicht, sie nährten sie bloß. So stand der Pauli wieder auf, setzte den Hund auf den Boden, ging in die kleine Kammer und besah sich die Gartengeräte. Von Gartenarbeit hat der Pauli keine Ahnung. Nicht mal alle Namen der Dinger kannte er. Eine Harke mit langem Holzstiel erschien ihm am brauchbarsten. Mit der wollte er ein Loch in die Tür schlagen. Entweder hatte die Tür Tresor-Qualität oder die Erkältung hatte Paulis Kräfte arg ramponiert, jedenfalls brachte er nicht das kleinste Loch zuwege, sondern nur jede Menge hässliche Kerben und Schrammen. Und der Pekinese war erschrocken in die Kammer geflüchtet und hatte sich dort irgendwo verkrochen. Erschöpft hockte sich der Pauli wieder auf das Stockerl. Richtig krank fühlte er sich. Zittrig und fiebrig. Und seinen dicken Brummschädel konnte er kaum senkrecht halten. So rappelte er sich noch einmal auf und holte einen der Liegestühle und eine alte Trachtenstrickjacke aus dem Kammerl, schlüpfte in die grausliche Weste, klappte den Liegestuhl auf und ließ sich reinfallen. Jetzt saß er wenigstens bequemer, und ein bisschen weniger kalt war ihm auch. Und dann starrte er auf seine Armbanduhr und sah dem Sekundenzeiger zu, wie der seine Runden drehte. Zwischendurch nieste und hustete er und wischte, was aus seiner Nase tropfte, mit dem kratzigen Ärmel vom Trachtenjanker weg.

Gegen elf Uhr schaffte er nicht mehr, sich einzureden, dass einer wie er nicht so leicht durchdreht. Er stand auf, riss eines der Fenster auf und brüllte: „Hilfe, Hilfe, Hilfe!“

Bis er so heiser war, dass er nicht mal mehr krächzen konnte, brüllte er. Dann erst gab er auf. Aber irgendwie ging es ihm nach der sinnlosen Brüllerei doch ein bisschen besser. Er beschloss, positiv zu denken. Alles andere bringt jetzt nichts, dachte er. Er stellte sich vor, dass der Schistal Kevin zurückkommt und die Tür aufsperrt und er den Kerl mit einem perfekt gezielten Handkantenschlag außer Gefecht setzt und mit einem Strick an das Stockerl fesselt. Und der Kevin fleht winselnd um Gnade, aber das lässt ihn eiskalt. Und dann kommt auch noch der Stinker, und auch den überwältigt er mühelos, und dann ruft er die Polizei an. Mit seinem Handy. In ausgedachten Geschichten darf man ja wohl auch ein Handy besitzen!

Ein Dutzend verschiedene Geschichten dachte er sich aus, in denen

er zum Schluss immer den Kevin und den Stinker der Polizei auslieferte.
Und dann schlief er weg und träumte die dreizehnte Version der Geschichte, in der ein riesiges Glas voll Wasser eine wichtige Rolle spielte. Das reichte ihm der Herr Polizeichef zur Belohnung für seine Heldentat. Bevor er das riesige Glas an die Lippen setzen konnte, wachte er leider auf. Ein Uhr war es jetzt. Er hatte bloß zehn Minuten geschlafen.
Der Pauli stemmte sich aus dem Liegestuhl hoch, ging zu einem Fenster und machte es auf. Es regnete nicht mehr, sogar ein kleines Stück blauen Himmel zwischen grauen Wolken konnte er sehen. Er starrte zu dem kleinen, blauen Fleck hoch und plötzlich fiel ihm seine Cousine Amelie ein. Die hatte ihm doch unlängst bei der Oma erzählt, dass sie gerade ein Buch über Telepathie liest und dass es da um „Gedankenübertragung" geht. Da wird beschrieben, hatte sie gesagt, dass Menschen mit telepathischen Fähigkeiten wissen, was jemand, der Hunderte Kilometer entfernt ist, gerade denkt. Das haben zwei Männer bewiesen. Der eine hat in Moskau eine Spielkarte aus einem Kartenpaket gezogen und die Karte ein paar Sekunden konzentriert angeschaut. Und der andere hat irgendwo in Österreich gesagt, welche Karte das gewesen ist! Und das hat nicht zufällig einmal, sondern fünfzigmal hintereinander funktioniert!
Paulis Mama hatte zwar gesagt, dass das völliger Plunder ist, und seine Tante, obwohl die sonst immer anderer Meinung als seine Mama ist, hatte ihr zugestimmt. Aber vielleicht, dachte der Pauli, gibt es diese Telepathie doch!

Der Pauli hatte vergessen, wer die Gabe haben muss, damit es funktioniert. Der, der die Botschaft sendet? Oder der, der sie empfängt? Oder beide? Aber das war ihm jetzt egal. Er dachte zum offenen Fenster raus: Rosi, ich bin im Garten vom Stinker … Hilf mir! Rosi … ich bin im Garten vom Stinker …
Sind ja nicht Hunderte Kilometer, sagte er sich. Höchstens fünf, von hier zur Rosi. Und so viel Kraft könnten Gedanken doch wirklich haben!
Es ist eben so, wie Rosis Oma oft sagt: Wenn es den Leuten schlecht geht, fangen sie zu glauben an!

Dass der Pauli dringend Hilfe braucht, war der Rosi auch ohne Gedankenübertragung längst klar. Und der Emily, nachdem ihr die Rosi berichtet hatte, ebenfalls.
„Jetzt haben wir zwei Möglichkeiten", sagte die Emily zur Rosi, „entweder suchen wir den Pauli selber oder wir gehen zur Polizei."
„Die Polizei nimmt Abgängigkeits-Anzeigen angeblich erst nach vierundzwanzig Stunden auf", sagte die Rosi. „Fahren wir zuerst mal zum Schrebergarten. Vielleicht ist er doch hingefahren und hat sich ein Bein gebrochen oder so. Und liegt wo und kann nicht weg."
„Aber vorher schauen wir noch zum Schistal Kevin!", schlug die Emily vor. „Der Nepomuk-Platz liegt auf dem Weg und es kann nicht schaden. Wenn der Trottel daheim ist, presse ich ihn aus wie eine Zitrone."
Der Schistal Kevin war nicht daheim. Oder er war daheim und kam nicht zur Gegensprechanlage. Aber die Emily wollte nicht so schnell

aufgeben. Sie zog die Rosi in die Drogerie rein und fragte die Verkäuferin, ob sie die Mutter vom Kevin ist.
„Ja, bin ich. Was ist denn mit dem Sargnagel schon wieder?", fragte die Verkäuferin misstrauisch.
„Weil er nicht in der Schule war", sagte die Emily. „Ob er krank ist, sollen wir fragen."
„Na, der Kerl kann was erleben, wenn er heimkommt!" Die Frau Schistal schaute bitterböse. „Wahrscheinlich ist er diese Zettel austragen. Aber das stell ich ihm jetzt komplett ab!"
Die Emily war wirklich eine Meisterin im Würmer-aus-der-Nase-Ziehen! Drei Minuten später hatten die Rosi und die Emily erfahren, dass der Kevin seit ein paar Wochen jeden Tag in der Früh schon um halb sieben weggeht, weil er vor der Schule noch eine Stunde lang für eine Pizzeria Reklamezettel austrägt. Da bekommt er immer ein paar Euro dafür.
Ohne die Verkäuferin darüber aufzuklären, was ihr Sohn jeden Morgen wirklich tut, verließen die Rosi und die Emily die Drogerie.
„Weiter hilft uns das aber auch keinen einzigen Zentimeter!", sagte die Emily.
„Dann nehmen wir uns jetzt den Schrebergarten vor!", sagte die Rosi.
Sie liefen zur Jagdstraße runter, zur Haltestelle vom Fünfer. Während sie auf die Straßenbahn warteten, rief die Rosi noch schnell beim Pauli daheim an. Hätte ja sein können, dass er doch ganz woanders gewesen und inzwischen heimgekommen ist. Aber bloß der Anrufbeantworter meldete sich.

Als die Straßenbahn zur Endstation kam, rief die Emily plötzlich aufgeregt: „Rosi, schau!“, und zeigte auf das gläserne Wartehäuschen bei der Haltestelle. Auf der Bank im Wartehäuschen saß der Schistal Kevin. Und neben ihm, auf dem Boden, stand eine Reisetasche.
Wie eine halbe Ewigkeit kamen der Rosi die paar Sekunden vor, bis die Türen der Straßenbahn endlich aufschnappten.
„Der entkommt uns schon nicht“, rief die Emily, als sie aus der Bim sprangen. „Ich renn viel schneller als er!“
Die Rosi und die Emily flitzten die paar Meter zum Wartehäuschen zurück. Der Schistal Kevin schaute ihnen entgegen und blieb sitzen. Der dachte anscheinend gar nicht an Flucht! Oder war er bloß so ein Langsam-Denker, dass er erst dabei war, ans Fliehen zu denken?
Die Rosi und die Emily setzten sich zu ihm auf die Bank. Die Rosi rechts von ihm, die Emily links von ihm. Die Emily packte ihn am linken Ärmel der Totenkopf-Jacke, die Rosi am rechten.
„So, Kevin“, sagte die Emily, „und jetzt sagst du uns schön brav, wo der Pauli ist!“
Die Rosi schaute auf die Reisetasche und dachte: Wenn da der Pekinese von der Köchin drin ist, dann ist er tot, denn die Tasche war fest verschlossen. Aber das interessierte sie im Moment nicht. Nur der Pauli war ihr wichtig.
„Ich kann das nicht!“, sagte der Schistal Kevin zur Emily und senkte den Kopf.
Die Emily riss ihm die tarnfleckige Baseballkappe vom Schädel, um sein Gesicht besser sehen zu können. „Was kannst du nicht?“ Der Kevin deutete auf die Reisetasche runter. Die Rosi griff nach dem

Zippverschluss und zog ihn beherzt auf. Aber in der Tasche war gottlob kein toter Pekinese, sondern ein Plastikkanister. Einer, in den drei Liter reingehen. Wenigstens war „3 l“ auf das weiße Plastik gedruckt. Und nach Benzin stank es auch ein bisschen aus der Tasche.

Die Rosi war erleichtert, keinen toten Pekinesen sehen zu müssen. Aber ein Plastikkanister interessierte sie noch weniger als ein Pekinese! Sie beutelte den Schistal Kevin am Ärmel und rief: „Jetzt sag schon! Weißt du, wo der Pauli ist?“

„Ich kann das echt nicht, wirklich nicht!“, sagte der Kevin wieder zur Emily. Die beutelnde Rosi nahm er anscheinend gar nicht wahr.

„Wenn du nicht kannst, musst du ja auch nicht!“ Die Emily legte doch glatt eine Hand tröstend auf den Oberschenkel vom Kevin. „Was kannst du denn nicht?“

„Die Hütte anzünden!“ Der Kevin schluchzte fast. „Noch dazu, wo er doch drin ist!“

11. Kapitel,

in welchem der Rest der Sache klar wird,
es Pasta bis zum Überdruss gibt,
und was noch zu tun bleibt,
von einem netten Polizisten übernommen wird.

Entsetzt hatten die Rosi und die Emily den Schistal Kevin nach diesem Bekenntnis angestarrt. Die Emily fasste sich zuerst wieder und fragte nach. „Ein Schrebergartenhaus sollst du anzünden? Mit dem Benzin da?“ Sie zeigte auf den Kanister.

Der Schistal Kevin nickte.

„Und wieso ist da jemand drin?“, fragte die Emily weiter.

„Weil er auf einmal da war!“ Jetzt schluchzte der Kevin fast. „Und da hab ich ihn weggeschubst und eingesperrt.“

„Meinst du den Pistulka Pauli?“, vergewisserte sich die Emily.

Der Kevin nickte wieder.

Die Rosi hatte sich so weit erholt, dass sie wieder sprechen konnte. „Und den Schlüssel hast du?“

Der Schistal Kevin nickte zum dritten Mal.

Die Rosi hielt ihm die Hand hin. Gehorsam griff der Kevin in eine Tasche der Totenkopf-Jacke, zog einen Schlüssel raus und gab ihn der Rosi. Die Rosi sprang auf. „Komm!", sagte sie ungeduldig zur Emily. „Der Pauli muss ja schon halb wahnsinnig sein."
Die Emily packte den Schistal Kevin und zerrte ihn von der Bank hoch. „Du kommst mit. Du musst uns nämlich noch allerhand erklären!"
„Aber ich … ich … ich muss", stotterte der Kevin.
„Pappen halten und mitkommen musst", sagte die Emily freundlich. „Oder willst lieber auf die Polizei?"
Der Schistal Kevin stand auf und ging brav zwischen der Rosi und der Emily die Gasse zur Kleingartensiedlung „Seelenfrieden" rauf. Die Reisetasche blieb einsam im Wartehäuschen zurück.
Beim Gittertor fragte die Rosi den Schistal Kevin: „Nach rechts oder nach links?"
Der Kevin zeigte den Weg runter, und die Rosi lief so schnell los, dass die Emily, die den Kevin am Jackenärmel festhielt, nicht nachkam. Als die Rosi schon im Garten vom Stinker war, bog sie mit dem stolpernden Kevin erst um die Ecke.
Mit zitternden Fingern steckte die Rosi den Schlüssel ins Türschloss, drehte ihn und riss die Tür auf.
Der Pauli lag im Liegestuhl, den Pekinesen auf dem Bauch, und krächzte der Rosi entgegen: „Hast was zu trinken?"
„Ja, gleich!" Die Rosi schaute sich um, sah das Häferl auf der Kochplatte und wollte es bei der Abwasch mit Wasser füllen. Das gelang ihr natürlich nicht.

„Er braucht schnell was zu trinken!“, sagte die Rosi zur Emily, die mit dem Schistal Kevin durch die Tür kam. „Aber da rinnt kein Wasser!“
Der Kevin ging zur Küchenkredenz und holte eine halb volle Flasche Mineralwasser raus. „Für die Hunde“, sagte er.
Die Rosi entriss ihm die Flasche, schraubte sie auf und gab sie dem Pauli. Ohne abzusetzen ließ der Pauli Wasser in sich reinrinnen. Schließlich hatte er seit gestern Abend keinen einzigen Tropfen Flüssigkeit in den Mund bekommen. Als die Mineralwasserflasche leer war, ging es ihm wieder ein bisschen besser. So gut jedenfalls, dass er sich cool geben und der Rosi, die ihm eine Hand auf die Stirn legte und Fieber attestierte, krächzend erklären konnte:
„Das ist kein Fieber, Süße, das ist die Wiedersehensfreude!“

Unbeeindruckt beharrte die Rosi: „Nein, Pudding, du gehörst schnell ins Bett!“
Und die Emily befühlte auch Paulis Stirn und gab der Rosi recht. Aber der Pauli blieb stur. Er wird, beharrte er, seinen Hintern keinen Zentimeter aus dem Liegestuhl heben! Zuerst muss der Kevin „alles ausspucken“!
Der Pauli brauchte nämlich noch ein bisschen Schonzeit. Er war sich nicht sicher, ob er ohne zu wanken und zu taumeln den Weg zur Straßenbahn runter schaffen würde. Und zugeben, dass ihn der Vormittag im Gartenhaus fix und fertig gemacht hatte, wollte er auf gar keinen Fall. Ein junger Indianer kennt eben nicht nur keinen Schmerz, sondern auch keine weichen Knie!

„Dann leg los, Kevin!“, sagte die Emily.
Und der Schistal Kevin legte los. Zuerst ein bisschen stockend, dann immer flüssiger, und schließlich war die ganze traurige Wahrheit, von der die drei ohnehin schon viel wussten, sonnenklar.
Im Sommer, im Gänsehäufel, hatte der Kevin den Franz Ferdinand Staudinger kennengelernt. Und der hatte ihm unter sieben Siegeln der Verschwiegenheit anvertraut, dass er der große Hexenmeister ist, oberster Chef einer streng geheimen Organisation. Und dass der Kevin von dieser Organisation auserwählt wurde, Mitglied zu werden. Andere Mitglieder hatte der Kevin nie kennengelernt. Logisch! War ja alles streng geheim! Und dann hatte er eben die Anweisungen vom großen Hexenmeister ausgeführt. Weil die geheime Organisation doch viel Geld braucht. Und den Hunden war ohnehin nichts Böses zugestoßen. Auf die hatte er gut geschaut und hatte sie alle heil zurückgebracht. Gesehen hatte er den großen Hexenmeister nur selten. Meistens hatte er mit ihm telefoniert. Oder SMS von ihm bekommen. Nur wenn er die Zeitungen mit dem Geld abgeholt und die schwarzen Kuverts erhalten hatte, hatten sie sich im Park oder an einer Straßenecke getroffen. Und bis jetzt sind es sieben Hunde gewesen, die er entführt und zurückgebracht hat. Und von jedem Lösegeld hat er zehn Euro bekommen, der Rest war für die Organisation. Für die guten Sachen, die damit gemacht werden konnten. Welche guten Sachen das sind, wusste er nicht so genau. Bloß: Sie helfen den Unterdrückten!
„Kevin, du Trottel“, sagte die Emily, als der Schistal Kevin mit seinem Bericht fertig war, „und den Blödsinn hast du dem Stinker geglaubt?“

„Wer ist denn der Stinker?“ Der Kevin schaute die Emily verwirrt an. Doch die fand es nicht der Mühe wert, ihn aufzuklären. Und so fragte der Kevin: „Was passiert denn jetzt mit mir?“

„Hau ab, du Zahnfistel!“, krächzte der Pauli.

Der Kevin schaute unsicher die Emily an, dann die Rosi. Die Rosi zuckte mit den Schultern, die Emily murmelte: „Wenn der Pauli meint.“

Da wieselte der Schistal Kevin blitzschnell zur Tür raus und dem Gittertor zu.

„Jetzt versteh ich echt nur mehr Bahnhof“, sagte die Emily.

„Warum lassen wir ihn denn rennen?“

„Ist ja nur ein kleiner Depp“, krächzte der Pauli. „Den Stinker will ich haben!“ Er packte den Pekinesen, stellte ihn aufs Linoleum, hievte sich aus dem Liegestuhl hoch und probierte, ob er gehfähig war. Bis zu den Fenstern und wieder zurück schaffte er es problemlos.

„Dann verlassen wir diesen Ort!“, krächzte er und zog sich den grauslichen Trachtenjanker aus.

Die Emily band dem Pekinesen das Halsband um und sagte: „Komm, du Staubwedel! Auf geht's!“

Sie wollte den Pekinesen zur Tür rausführen, doch der dumme Hund streikte. Er legte sich flach aufs Linoleum und war nicht bereit, das Gartenhaus zu verlassen.

„Der ist halt verwirrt“, sagte die Rosi.

„Gibt's da irgendwo einen Korb?“ Die Emily ging in die kleine Kammer rein und kam mit einem Kübel zurück. „Geht auch“, sagte sie und setzte den Hund in den Kübel.

Der Pauli schaffte den Weg zur Straßenbahn. Aber froh war er schon, dass es bergab ging. Und bei der Endstation angekommen, ließ er sich schnell im Wartehäuschen auf die Bank fallen. Neben der stand noch immer die Reisetasche.
„Nehmen wir die mit?", fragte die Rosi.
„Willst was in Brand stecken?" fragte die Emily. Und als die Rosi den Kopf schüttelte, sagte sie: „Na eben! Was einem nicht gehört und man auch nicht braucht, das nimmt man nicht!"
In der Straßenbahn entzückte der Mini-Hund im Kübel alle Fahrgäste. Die Rosi und dic Emily fanden den kleinen Kerl ja auch ganz nett, aber extrem hinderlich. Außerdem wartete doch die Köchin sicher schon sehnsüchtig auf ihren Liebling, und die Linie 5 fährt sowieso am Wirtshaus von Leas Eltern vorbei. Direkt vor der Wirtshaustür ist eine Haltestelle.
„Aber wir liefern ihn einfach ab!", krächzte der Pauli. „Und erklären jetzt einmal gar nichts."
„Warum denn nicht?", fragte die Emily.
„Bevor wir den Stinker nicht hundertpro überführt haben, bleibt alles geheim", krächzte der Pauli.
„Der ist doch schon überführt!", sagte die Emily. „Der Kevin hat ja alles zugegeben!"
„Aber nur vor uns", krächzte der Pauli. „Ohne Zeugen."
„Okay, hast recht", sagte die Rosi. Sie kannte ja ihren Pauli. Der wollte den „Fall" selber zu Ende bringen, ohne dass sich Erwachsene einmischen. Und die Gefahr, dass es Einmischungen gibt, wenn sie im Wirtshaus erklären, woher sie den Hund haben und wieso sie ihn

gefunden haben, war gegeben. Die würden die Sache doch einfach in die Hand nehmen und zur Polizei rennen. Und wenn jemand zur Polizei geht, dann wollte das der Pauli sein!
„Emily“, krächzte der Pauli, als sie vor dem Wirtshaus aus der Straßenbahn stiegen, „dich kennen die Eltern von der Lea nicht! Du gehst rein und gibst den Hund ab! Wir warten vor der Tür!“
„Sehr wohl, Herr Chef!“, sagte die Emily ein bisschen spitz.

Im Wirtshaus herrschte Nachmittags-Flaute. An einem Tisch saßen zwei Kartenspieler, an einem anderen ein Biertrinker. Leas Vater lehnte an der Schank und las eine Zeitung.
Die Emily ging zur Schank, stellte den Kübel rauf, sagte: „Da ist der Hund von der Köchin!“, machte kehrt, und war auch schon wieder zur Tür draußen. Dass der Vater von der Lea: „He, Moment mal!“, rief, hörte sie gerade noch, bevor die Tür hinter ihr zufiel.

Eine halbe Stunde später lag der Pauli dann endlich auf dem Sofa im Wohnzimmer, dick zugedeckt und mit einem großen Pott Ingwer-Zitrone-Limo versorgt. Die Rosi und die Emily saßen ihm gegenüber.
„Wir könnten einfach diesem Stinker einen Besuch abstatten“, schlug die Emily vor. „Und ihm alles auf den Kopf zusagen.“
Das Ingwer-Gesöff hatte der Stimme vom Pauli gutgetan. „Wir hätten den Kevin nicht laufen lassen sollen“, sagte er.
„Wir?“ Die Emily tippte sich an die Stirn. „Das warst du ganz allein, nicht wir!“

„Weil meine Birne total matschig ist!“ Der Pauli legte sich eine Hand auf den Schädel. „Da drin funktioniert heute gar nichts.“ Er seufzte tief. „Der Schistal Kevin hat doch garantiert längst den Stinker informiert. Ich bin so ein Trottel, so ein sagenhafter Trottel!“
„Aber nein“, versuchte ihn die Rosi zu beruhigen. „Du warst halt fixifoxifertig.“
„Also gehen wir jetzt nach nebenan zum Stinker oder nicht?“ Die Emily wurde ungeduldig.
„Jetzt ist eh schon alles passiert“, sagte der Pauli. „Ich muss mir eine Strategie ausdenken … später … wenn ich … wieder klar im Kopf bin.“ Und dann war er auch schon eingeschlafen.
„Sollen wir zwei ohne ihn?“, flüsterte die Emily.
Entsetzt schüttelte die Rosi den Kopf. Ohne den Pauli? Nie im Leben würde er ihr das verzeihen.
„Okay. Wenn's ohne den Team-Chef nicht geht, vertschüss ich mich.“ Es klang ein bisschen sauer.
Die Rosi begleitete die Emily bis zur Wohnungstür und sagte: „Emily, du bist echt toll, ohne dich hätten wir das nicht so schnell geschafft!“
„Aber meine Talente sind nur einsatzfähig, wenn der Pauli vorher denkt, oder?“ Das klang nicht minder sauer.
„Aber nein, es ist nur …“ Die Rosi redete nicht weiter, weil die Emily schon zur Treppe lief. Also kehrte sie ins Wohnzimmer zurück und bewachte Paulis Schlaf.
Bis es draußen dunkel war, saß die Rosi tatenlos im Lehnstuhl, dann stand sie auf, ging zum schlafenden Pauli und legte ihm zart und

vorsichtig eine Hand auf die Stirn. Die Stirn war so heiß, dass sie Angst bekam.
Er braucht einen Arzt, dachte sie. Oder wenigstens etwas gegen das Fieber! Aus dem Medikamentenschränkchen im Bad etwas Passendes rauszusuchen und ihm zu geben, traute sie sich nicht. So ging sie auf Zehenspitzen ins Vorzimmer. Dort stand ein Telefon, auf dem eine Liste mit den eingespeicherten Kurznummern war. Hinter „1“ stand: Barbara mobil.
Die Rosi drückte die „1“ und eine vergnügte Pauli-Mama fragte: „Ja, Sohnemann, wo brennt es?“
Die Rosi klärte die Pauli-Mama auf, dass sie nicht der Sohnemann ist aber dass der mit hohem Fieber auf dem Sofa liegt und schläft.
„Bin so schnell wie möglich da!“, versprach die Pauli-Mama. „Dauert aber noch eine halbe Stunde. Halt inzwischen die Stellung!“

Nach zwanzig Minuten klingelte es an der Haustür. Die Rosi war sich sicher, dass das die Pauli-Mutter ist, die noch schneller als möglich angebraust war. Ohne nachzufragen, wer da klingelt, drückte sie den Türöffner und machte die Wohnungstür auf. Wahrscheinlich, dachte sie, findet seine Mama vor Aufregung den Schlüssel nicht.
Über die Treppe rauf kam aber nicht die Pauli-Mama. Der Vater von der Lea, der Wirt, und ein Polizist kamen zur offenen Wohnungstür.
„Da haben wir ja auch gleich seine saubere Komplizin!“, rief der Wirt. „Die geht mit ihm in die Klasse!“
Er wollte zur Wohnungstür rein, doch der Polizist hielt ihn zurück und fragte die Rosi: „Ist dieser Pistulka Paul daheim?“

Der Rosi hatte es die Sprache verschlagen, sie konnte bloß nicken.
„Dann hol ihn mal her!", verlangte der Polizist von der Rosi, und zum Wirt sagte er: „Sie dürfen nicht so einfach in eine fremde Wohnung hinein."
Der Rosi gelangen endlich ein paar gestotterte Wörter: „Der Pauli … bitte … der schläft … der ist krank."
„Vor ein paar Stunden war er noch pumperlgesund!", rief der Wirt.
Dann stöckelte jemand die Treppe rauf. Die Pauli-Mama tauchte auf, schaute verdutzt auf den Wirt und den Polizisten und fragte: „Was ist denn passiert?"
„Ihr sauberer Bub und die Kleine da …" Der Wirt wies mit einem dicken Zeigefinger auf die Rosi, „… sind deppert geworden! Glauben, sie können Erpresser spielen!"
„Dürfen wir reinkommen?", fragte der Polizist die Pauli-Mama höflich.
„Das muss ja wohl ein Missverständnis sein!" Die Pauli-Mama ging ins Vorzimmer, machte eine einladende Handbewegung und führte die zwei Männer ins Wohnzimmer.
„Weißt du, was das soll?", zischelte sie der Rosi zu. Langsam dämmerte der Rosi, was das sollte.
„Noch so ein Lausmensch war dabei", sagte der Wirt. „Aber die hat unsere Lea nicht erkannt!"
Der Pauli war wach geworden, als seine Mama mit der Rosi und den zwei Männern ins Wohnzimmer gekommen war. Verschlafen hatte er sich hochgerappelt, verwirrt glotzte er nun aus fiebrigen Augen den Polizisten und den Wirt an.

„Also, was werfen Sie jetzt den Kindern konkret vor?" Die Pauli-Mama schaute bitterböse.
„Der Haderlump und die zwei Lausmenscher haben die Sissi von der Erna entführt", sagte der Wirt. „Und dreihundert Euro fürs Zurückgeben verlangt."
„Guter Mann, Sie sind wohl übergeschnappt!", rief die Pauli-Mama.
„Und dann sind's noch so blöd und bringen die Sissi selber zurück!", sagte der Wirt. „Weil's nicht damit gerechnet haben, dass sie unsere Lea aus dem ersten Stock beobachtet!"
Die Rosi hatte darauf gewartet, dass der Pauli etwas sagt. Aber der glotzte bloß weiter verwirrt den Polizisten und den Wirt an. Also musste sie wohl reden!
„Wir haben den Pekinesen befreit und zurückgebracht", sagte sie zum Polizisten.
„Lüg nicht!", rief der Wirt. „Das bringt nichts!"
„So lassen Sie die Kleine doch reden", sagte der Polizist und nickte der Rosi zu.
„Willst du oder soll ich?", fragte die Rosi den Pauli.
„Red du!" Der Pauli schloss die Augen und legte sich wieder hin.
Und die Rosi redete. Mit der verzweifelten Frau Mader fing sie an, mit dem Kübel voll Hund auf der Schank hörte sie auf.
„Ihr seid mir vielleicht zwei, pardon, drei!", sagte der Polizist. Es klang sehr freundlich. Fast schon ein bisschen bewundernd.
Weit weniger freundlich sagte der Wirt: „Dann wärt's halt nicht wegg'rennt!"
Die Pauli-Mama sagte gar nichts. Erst als der Polizist und der Wirt

gegangen waren, sagte sie: „Ihr zwei beide strapaziert mütterliche Nerven aber ganz schön!"

Dann ging sie in die Küche und braute nach Rosis Anweisung das Ingwer-Gesöff. Der Rosi fiel ein, dass ihr Schulrucksack noch immer bei der Emily daheim war und dass sie für morgen Englisch-Vokabeln lernen musste. Und dass sie außerdem mit der Emily reden sollte, damit die nicht länger sauer ist. Sie verabschiedete sich und trabte los. Und die Pauli-Mama brachte dem Pauli die Ingwer-Zitronen-Limo und ein Fieberzäpfchen. Den Trank nahm der Pauli dankend an, das Fieberzäpfchen lehnte er dankend ab.

„Wenn du es nicht selber machst", sagte seine Mama, „dann muss ich mich leider an dir vergreifen!"

Sie sagte es so entschieden, dass der Pauli nicht mehr widersprach und ihr seufzend zu Willen war. Einer, der später mal Kriminalkommissar werden will, darf schließlich vor nichts zurückschrecken! Bis zum nächsten Wochenende brauchte der Pauli, um wieder völlig fit zu sein. Die Rosi kam jeden Tag nach der Schule und kochte ihm Nudeln. Täglich mit einer anderen Soße drüber. Am Freitag zu Mittag aber war der Pauli in der Küche, als sie kam.

„Geht schon wieder", sagte er. „Und die Nudeln reichen mir langsam, die Frau Mader war für mich einkaufen."

„Undankbarer Wicht!" Die Rosi setzte sich zum Küchentisch. „Der Buntspecht lässt grüßen. Ganz gerührt ist er, dass du krank bist und trotzdem die Hausübung geschrieben hast."

„Und was ist mit dem Lea-Trampel?" Der Pauli verrührte ein paar Eier mit aufgetautem Tiefkühlspinat.

Die Rosi lachte. „Die tut, als hätte sie nie geglaubt, dass wir die Erpresser sind. Ihr Vater hat sie leider, leider missverstanden!"

Der Pauli steckte die Knethaken in den Handmixer, schüttete Mehl auf den grünen Gatsch, versenkte die Knethaken in der Schüssel und rührte los.

Rezept Seite 169

Die Rosi zog eine Zeitung aus dem Schulrucksack, schlug sie auf und hielt dem Pauli einen Artikel hin. „Wir stehen in der Zeitung!"

Der Pauli schaltete den Handmixer aus und las: CLEVERE KIDS BRINGEN POLIZEI AUF RICHTIGE SPUR.

Er warf die dreckigen Knethaken in die Abwasch, griff zum Spätzle-Hobel und schimpfte los: „So eine Frechheit! Wir lösen den Fall, und dann heißt es: ‚Auf die Spur bringen'!"

„Unsere Namen haben sie auch nicht geschrieben", sagte die Rosi. „Aber dass es zehn Hunde gewesen sind, die sie entführt haben!"

Der Pauli hobelte grüne Fäden ins sprudelnde Kochwasser. „Sicher stimmt das genauso, wie das mit der Spur."

„Bei zehn Hunden wären das dreitausend Euro", sagte die Rosi. „Ganz schön viel Geld."

„Schneid bitte den Schinken!" Der Pauli schob der Rosi ein Schneidbrett hin, auf dem zwei dicke Schinkenscheiben lagen. „Auf kleine Würferln."

Die Rosi schnipselte den Schinken, der Pauli holte mit einem Lochschöpfer die Spätzle aus dem Wasser, tat sie in ein Sieb und hielt das Sieb unter das kalte Wasser.

„Wenigstens unsere Namen hätten sie schreiben können!" Der Pauli

schüttete die abgeschreckten Spätzle in eine Pfanne mit ein bisschen Butter drin.
„Sie haben auch die Namen vom Schistal Kevin und vom Stinker nicht geschrieben", sagte die Rosi. „Und fotografiert haben sie nur den Pekinesen! Was wird denn jetzt eigentlich mit den zwei Deppen?"
Der Pauli warf die Schinkenwürferln auf die Spätzle, streute geriebenen Parmesan drauf, goss ein wenig Obers drüber und rührte um. „Dem Schistal Kevin kann gar nichts passieren, meint meine Mama, weil er unter vierzehn ist."
„Und seine Beißzangen-Mutter ist ihm eh schon passiert." Die Rosi holte Mineralwasser aus dem Kühlschrank. „Oder ist das zu kalt für deinen Hals?"
„Und der Stinker bekommt eine Jugendstrafe, meint meine Mama." Der Pauli brachte die volle Pfanne zum Tisch und goss sein Glas mit eiskaltem Mineralwasser voll.
Die Rosi schaufelte sich einen großen Berg Spinatspätzle auf den Teller. „Einen Tag lang würde ich gern im Kopf vom Stinker wohnen."
„Graust dir vor gar nichts?", fragte der Pauli.
„Doch. Vor Spinnen und Haferschleimsuppe", sagte die Rosi. „Interessiert dich denn nicht, wie dieser selbsternannte Hexenmeister so tickt? Wie man so wird wie der?"
Der Pauli gab ihr keine Antwort. Er starrte auf Rosis Hände.
„Ist was?", fragte die Rosi.
„Und wie tickt jemand, der sich die Fingernägel quietschgrün lackiert?", fragte der Pauli.

„Ach so! Hat mir die Emily gestern verpasst. Ich hab auf dem Heimweg von dir bei ihr Station gemacht."

„Warum?" Der Pauli schaute nicht gerade begeistert drein. Er hat nämlich Vorurteile gegen Mädchen-Freundschaften. Wenn zwei vernünftige Mädchen beste Freundinnen werden, behauptet er, dann sind sie dauernd am Kichern und Tuscheln, und zwischendurch am Streiten und Heulen, und sind nach einem Jahr komplett verblödet! Da war also, fand er, Sorge um Rosis Grips angebracht!

„Wieso warum? Dazu brauche ich doch keinen Extra-Grund!"

Die Rosi pickte die letzten drei Spätzle mit der Gabel vom Teller.

„Und wegen dem Stinker", sagte der Pauli. „Da brauche ich nicht einen Tag in dem seinem Hirn wohnen. Charakter ist eben Glückssache. Und basta!"

„Sehe ich echt nicht so!" Die Rosi schnappte den pappigen Kochlöffel, schleckte ihn sauber und dachte: Für alles taugt der Pauli eben nicht. Gut, dass ich auch wieder mit der Emily gut bin. Mit der lässt sich so etwas super bequatschen!

Sie trug die leere Pfanne und die Teller zur Spülmaschine, grinste freundlich den Pauli an und sagte, weil sie ihn ja durch und durch kennt: „Nur keine Angst, Pudding, du bleibst meine number one!"

Grenadiermarsch mit Salaten

3 Portionen,
Zubereitung
erster Tag ca. 40 Minuten,
zweiter Tag ca. 20 Minuten

Zutaten

400 Gramm Erdäpfel
(am besten festkochende)

½ Kaffeelöffel Kümmel (ganz)

200 Gramm Fleckerln

1 große Zwiebel

Salz, Pfeffer, Öl

Geräte:
Brett, Messer, 2 Töpfe,
Nudelsieb, Pfanne

Zubereitung

Erster Tag:
Erdäpfel in einen Topf geben, so viel kaltes Wasser zugießen, dass sie bedeckt sind. Topf zudecken, auf den Herd stellen und bei starker Hitze das Wasser zum Kochen bringen. 1 Kaffeelöffel Salz und Kümmelkörner zugeben.

Hitze zurückdrehen, Erdäpfel bei geringer Hitze bissfest kochen (das dauert etwa 20 Minuten) – das Wasser muss ganz leicht blubbern. Erdäpfel abseihen, zurück in den Topf geben und zugedeckt auskühlen lassen. Erdäpfel schälen, in ein Tiefkühlsackerl geben und in den Kühlschrank legen.

Gleichzeitig mit den Erdäpfeln die Fleckerln kochen: Etwa 2 Liter Wasser in einen Topf geben, Topf zudecken und das Wasser zum Kochen bringen (zugedeckt kocht das Wasser schneller, das spart Zeit und Energie). Zuerst 1 Kaffeelöffel Salz, dann die Fleckerln ins Wasser geben, nochmals kurz aufkochen, dann die Hitze reduzieren und die Fleckerln bei mittlerer Hitze bissfest kochen (wie lang das dauert, steht auf der Packung). Achtung: Den Topf keinesfalls zudecken, das Wasser würde übergehen.

Fleckerln abseihen, mit kaltem Wasser überbrausen, dabei immer wieder durchmischen. Fleckerln im Sieb abtropfen lassen. Fleckerln in eine Schüssel geben, zudecken und in den Kühlschrank stellen.

Zwiebel schälen, vom Bart zum Zipfel halbieren. Zwiebelhälften mit den Schnittflächen auf das Brett legen und in dünne Scheiben schneiden. Scheiben quer in Würfel schneiden.

In einer Pfanne ca. 2 Esslöffel Öl erwärmen, Zwiebel zugeben und bei mittlerer Hitze goldbraun rösten, dabei immer wieder umrühren. Zwiebel auskühlen lassen, in ein Schüsserl geben, zudecken und in den Kühlschrank stellen.

Nächster Tag: Bitte umblättern!

Paulis Trick:
Das Nudelwasser erst salzen, wenn es kocht. So lösen sich die Salzkristalle ganz schnell auf. Das ist wichtig, denn Salzkristalle, die ungelöst auf den Boden eines Edelstahltopfes sinken, verursachen dort kleine matte Flecken, manchmal sogar Roststellen.

Gurkensalat

3 Portionen,
Zubereitung ca. 10 Minuten

Zweiter Tag Grenadiermarsch:
Erdäpfel in ca. 1 cm dicke Scheiben schneiden. In einer großen Pfanne 2 Esslöffel Öl erhitzen, Zwiebel, Fleckerln und Erdäpfel zugeben, durchmischen und bei mittlerer Hitze rösten, bis alles schön goldbraun ist. Dabei immer wieder umrühren.

Zutaten

1 Salatgurke oder 2 Feldgurken
1 Knoblauchzehe
2 Esslöffel Apfelessig
4 Esslöffel Öl (z. B. kalt gepresstes Olivenöl)
Salz, Pfeffer, Paprikapulver

Geräte:
Brett, Messer, Sparschäler, Gurkenhobel, Schüssel

Zubereitung

Gurke waschen, abtrocknen und mit einem Sparschäler schälen (oder die Schale dranlassen, das sieht im Gurkensalat hübsch aus). Feldgurken der Länge nach durchschneiden und die Kerne mit einem kleinen Löffel herausschaben.

Gurke mit dem Gurkenhobel in Scheiben schneiden. Gurkenscheiben in eine Schüssel geben, gut salzen, durchmischen, kosten und eventuell nachsalzen (Gurken sind ziemlich geschmacklos und brauchen einiges an Würze). Knoblauch schälen und durch die Knoblauchpresse über die Gurkenscheiben pressen. Essig und Öl zugeben. Salat durchmischen, in Schüsserln oder auf Tellern anrichten und mit Paprikapulver bestreuen.

Paradeissalat

3 Portionen,
Zubereitung ca. 10 Minuten

Zutaten

4 dicke, gut reife Paradeiser (ca. 400 Gramm)

1 kleine Zwiebel

2 Esslöffel Balsamessig

3 Esslöffel Olivenöl (kalt gepresst)

Salz

Feinkristallzucker

Geräte:
Brett, Messer, Schüssel

Zubereitung

Zwiebel schälen, vom Bart zum Zipfel halbieren. Zwiebelhälften mit den Schnittflächen auf das Brett legen und in dünne Scheiben schneiden. Scheiben quer in Würfel schneiden. Paradeiser so halbieren, dass der Stielansatz durchgeschnitten wird, Stielansätze ganz entfernen, Paradeiserhälften in dünne Scheiben schneiden. Essig, Öl, ein wenig Salz und 1 Prise Zucker in einer Schüssel verrühren. Paradeiser und Zwiebel untermischen. Salat kosten und eventuell nachsalzen. Salat in Schüsserln oder auf Tellern anrichten.

Super-Erdäpfel-Blinis

3 Portionen,
Zubereitung ca. 40 Minuten,
ca. 21 Stück

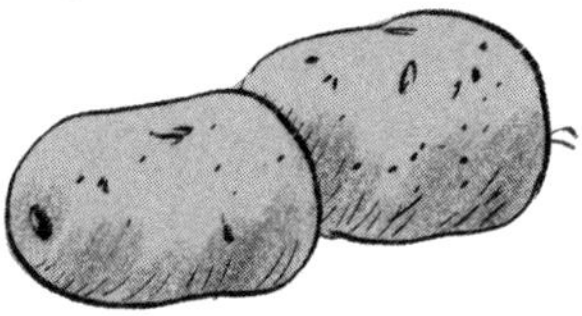

Zutaten

1 kg Erdäpfel (mehlig oder vorwiegend festkochend)

2 Eier

8 Scheiben Lachs

Sauerrahm

Apfelmus

Salz

Öl

Geräte:
Schäler, Vierkantreibe,
2 Schüsseln, Pfanne

Zubereitung

Erdäpfel schälen und auf dem Laterndl-Reibeisen (Vierkantreibe) grob raspeln. Schneller und mit weniger Anstrengung gelingt das mit der Trommelreibe einer Küchenmaschine. Erdäpfel mit den Händen ausdrücken und in eine neue Schüssel geben. Erdäpfel mit einem halben Kaffeelöffel Salz und den Eiern vermischen.

In einer Pfanne 4–5 Esslöffel Öl erhitzen (siehe Trick). Mit einem Löffel kleine Häufchen von der Erdäpfelmasse in die Pfanne setzen, etwas flach drücken und rund formen. Blinis bei mittlerer Hitze unten goldbraun braten. Blinis mit der Gabel etwas anheben und schauen, ob sie unten schon richtig braun sind.

Wenn ja, mit zwei Gabeln umdrehen und auch auf der zweiten Seite goldbraun braten. Blinis aus der Pfanne heben und auf Küchenpapier abtropfen lassen. Aus der restlichen Erdäpfelmasse weitere Blinis backen und abtropfen lassen.

Zu Blinis passen Lachs und Sauerrahm, auch Apfelmus schmeckt gut dazu.

Paulis Trick:
So prüft man, ob die Pfanne ausreichend heiß zum Braten ist: Die flache Hand ca. 10 cm über die Pfanne halten, wenn die Hand so richtig heiß ist, dann kann man Blinis oder Schnitzel oder ... braten.

Gulasch mit Spätzle

4 Portionen,
Zubereitung ca. 3 Stunden

Zutaten

800 Gramm Rindfleisch für Gulasch (am besten Wadschinken; vom Fleischhauer in 2–3 cm große Würfel schneiden lassen)

800 Gramm Zwiebeln

6 Esslöffel Öl

1 Esslöffel Paradeismark

2 Esslöffel Paprikapulver (edelsüß)

Salz

Geräte:
Brett, Messer, Topf,
Küchenwecker

Zubereitung

Zwiebeln schälen, vom Bart zum Zipfel halbieren. Zwiebelhälften mit den Schnittflächen auf das Brett legen und in Scheiben schneiden.

In einem weiten Topf (er soll einen großen Durchmesser haben) das Öl erhitzen und die Zwiebeln zugeben. Zwiebeln hellbraun rösten, dabei immer wieder umrühren, damit sie gleichmäßig bräunen.

Paradeismark einrühren und ca. 3 Sekunden (21, 22, 23 zählen) mitrösten. Paprikapulver zugeben und 3 Sekunden rühren. Dann sofort ein Krügel Wasser (ca. ½ Liter) zugießen.

Die Sauce ca. 20 Minuten bei schwacher Hitze köcheln, dabei immer wieder umrühren, damit sich nichts am Boden anlegt.

Zwiebelmischmasch mit dem Pürierstab mixen. Fleischwürfel ein wenig salzen, durchmischen und in die Sauce geben. Gulasch umrühren und aufkochen. Topf bis auf einen kleinen Spalt zudecken.

Gulasch bei schwacher Hitze insgesamt ca. 2 Stunden köcheln, dabei alle 15 Minuten umrühren, damit nichts anbrennt oder sich anlegt. Pauli stellt den Küchenwecker.

Zum Gulasch passen Spätzle (Rezept S. 168), aber auch Wachauer Laberln oder Semmeln oder Salzerdäpfel oder Polenta oder …

Paulis Trick:

Pauli macht vom Gulasch gleich die doppelte Menge, weil das fast gleich lang dauert. Was nicht gegessen wird, lässt er im Kühlschrank auskühlen, dann füllt er das Gulasch portionsweise in Plastikdosen, gibt einen Deckel drauf und gibt die Dosen in den Tiefkühler. So kann er ein feines Mittagessen auftauen, wenn er einmal keine Zeit zum Kochen hat.

Sandwiches der deftigen Art

2 Brote,
Zubereitung ca. 10 Minuten

Zutaten

1 Handvoll Rucola

4 Scheiben dunkles Brot Butter (küchenwarm)

100 Gramm feine Kalbsleberpastete

Zubereitung

Vom Rucola die Stängel abzupfen. Rucola waschen, dann mit Küchenpapier trocken tupfen.

Brote dünn mit Butter bestreichen, dann auf jedes Brot ein Viertel der Leberpastete streichen. Zwei Brote mit Rucola belegen, die beiden übrigen Brote darauflegen.

Paulis Trick:
Der Eiaufstrich schmeckt zwar gut, sieht aber ziemlich langweilig aus. Pauli mischt deshalb manchmal kleine Schinkenwürfeln unter und bestreut die Brote vor dem Zusammensetzen mit viel geschnittenem Schnittlauch.

Tramezzini mit Ei-Aufstrich

4 Brote,
Zubereitung ca. 20 Minuten

Zubereitung

Eier in einen Topf legen, so viel kaltes Wasser zugießen, dass sie knapp bedeckt sind. Wasser aufkochen, Eier 10 Minuten bei mittlerer Hitze kochen – man rechnet die Zeit vom ersten Aufwallen des Wassers. Wasser abgießen, die Eier unter fließendem kaltem Wasser abschrecken. Eier schälen. (Das Ei unter leichtem Druck über die Arbeitsfläche rollen, dabei bricht die Schale. Schalenstücke mitsamt der darunterliegenden, durchscheinenden Haut entfernen.)

Eier in dünne Scheiben, dann quer in kleine Würfel schneiden. Ricotta, Mayonnaise, Senf, Salz und Eierwürferln vermischen.

Von den Broten die Rinde abschneiden. Aufstrich auf zwei Broten verstreichen, übrige Brotscheiben darauflegen und leicht andrücken. Brote diagonal durchschneiden, es entstehen 4 Dreiecke. Die Dreiecke in Frischhaltefolie einwickeln, damit das Brot nicht austrocknet.

Zutaten

8 Scheiben Tramezzini- oder Toastbrot
4 Eier
150 Gramm Ricotta oder Mascarpone
2 Esslöffel Mayonnaise (50 % Fett)
1 Kaffeelöffel scharfer Senf (Dijon-Senf)
Salz

Penne al Pomodoro

2 Portionen,
Zubereitung ca. 30 Minuten

Zubereitung

In einem Topf ca. 3 Liter Wasser zustellen, zudecken und aufkochen. 1 Kaffeelöffel Salz und die Penne zugeben und einmal durchrühren. Penne bei schwacher Hitze weich köcheln. Etwas länger als auf der Penne-Packung steht, ca. 14 Minuten, am besten eine Nudel kosten. Topf nicht zudecken! Pauli stellt den Küchenwecker.

Inzwischen von den Jungzwiebeln die dunkelgrünen Enden und die Wurzelfäden abschneiden. Jungzwiebeln waschen, trocken tupfen und in ca. 2 mm dicke Ringe schneiden.

Zutaten

250 Gramm Penne

1 Bund Jungzwiebeln

1 Dose Filetti di Pomodori
(oder Pelati)

1 Bund Basilikum

50 Gramm Parmesan
(oder mehr; frisch gerieben)

Salz
ev. Cayenne-Pfeffer

Olivenöl

Geräte:
2 Töpfe, Brett, Messer, Nudelsieb, Reibe, Dosenöffner

In einem Topf 2 Esslöffel Olivenöl erhitzen, Zwiebelringe zugeben und bei schwacher Hitze glasig anschwitzen, dabei immer wieder umrühren.

Dose öffnen, die Filetti mit dem Saft und etwas Salz zu den Zwiebeln geben. Wer es scharf mag, gibt einen Hauch Cayenne-Pfeffer dazu. Paradeiser bei sanfter Hitze köcheln, dabei soll ein großer Teil vom Saft verdampfen.
Basilikum abzupfen, große Blätter in kleine Stücke zupfen.

Penne in ein Sieb leeren, nur ganz kurz abtropfen lassen und sofort mit der Paradeissauce vermischen. Penne in Suppentellern anrichten, mit Basilikum und Parmesan bestreuen. Eventuell ein wenig gutes Olivenöl darüber träufeln.

Paulis Trick:
Auf einem Elektroherd dauert es ziemlich lange, bis Wasser kocht. Schneller geht das in einem elektrischen Wasserkocher. Wasser darin aufkochen und in den Nudeltopf leeren. Besonders wenn man hungrig ist, freuen einen ein paar Minuten ersparte Kochzeit.

Palatschinken mit Himbeermarmelade

12 Stück,
Zubereitung ca. 30 Minuten

Zutaten

120 Gramm glattes Mehl
250 Milliliter Milch
4 Eier
1 Esslöffel Öl
1 Glas Himbeermarmelade
Salz
Öl zum Backen
Staubzucker

Geräte:
Schüssel, Handmixer mit Quirlen, feinmaschiges Sieb, Palatschinkenpfanne, breite Schmarrenschaufel

Zubereitung

Mehl, ein wenig Salz, Milch, Eier und Öl mit den Quirlen des Handmixers zu einem glatten Teig rühren. Leider entstehen dabei fast immer Bröckerln. Macht nichts, den Teig einfach durch ein feines Sieb in eine andere Schüssel gießen. Teig 5 Minuten rasten lassen.

Das Backrohr auf ca. 50 °C vorheizen – darin werden die Palatschinken warm gehalten.

In einer flachen Pfanne ganz wenig Öl erhitzen, ein wenig Teig eingießen, die Pfanne dabei leicht schräg halten und ein wenig drehen, der Teig soll sich auf dem Boden der Pfanne verteilen.

Palatschinke so lange backen, bis die Oberfläche trocken ist (sie glänzt nicht mehr). Palatschinke mit einer breiten Schmarrenschaufel wenden (oder schupfen; siehe Trick) und auch auf der zweiten Seite hell backen. So weitermachen, bis der Teig aufgebraucht ist.

Die fertigen Palatschinken auf einen flachen Teller legen und zum Warmhalten ins Backrohr stellen.

Teller mit Topfhandschuhen aus dem Backrohr holen. Palatschinken mit Marmelade bestreichen, einrollen und mit Staubzucker bestreuen.

Zu den Palatschinken trinken Rosi und Pauli Milch.

Paulis Trick:

Für das Palatschinken-Schupfen ist natürlich die richtige Pfanne wichtig, sie soll nicht zu groß und schwer sein, der Rand muss niedrig und leicht nach außen gebogen sein, das gibt eine gute Abflugrampe für die Palatschinke. Zum Schupfen muss man mit dem Pfannengriff einen beherzten liegenden 6er beschreiben, das heißt die Pfanne kurz und schnell vom Körper wegschieben und sofort wieder herziehen, es soll eine runde Bewegung sein. Die Palatschinke geht knapp über der Pfanne in die Luft, macht einen Salto und landet umgedreht wieder in der Pfanne. Unbedingt einige Male „trocken" übern, bevor man´s mit der Palatschinke probiert!

Forellentörtchen für die Pause

4 Stück,
Zubereitung ca. 15 Minuten

Zutaten

8 Scheiben Pumpernickelbrot (rund)

150 Gramm Topfen (20 % Fett; gut abgetropft) oder Frischkäse

1 Esslöffel Kren (frisch gerissen; gibt es auch in Gläsern)

100 Gramm Forellenfilet geräuchert

Salz

Geräte:
Schüssel, Gabel

Zubereitung

Topfen oder Frischkäse mit Kren und wenig Salz verrühren. Topfen auf 4 Brotscheiben verteilen. Forellenfilet ein wenig zerzupfen und auf den Broten verteilen. Die unbestrichenen Brote darauflegen.

Zutaten

300 Gramm Faschiertes (am besten Kalbfleisch)

½ Semmel vom Vortag

5–6 Esslöffel Milch

1 kleine Zwiebel

2 Eier

Fleischbällchen für die Pause

ca. 25 Stück,
Zubereitung ca. 40 Minuten

Salz, Pfeffer
griffiges Mehl
Öl

Geräte:
Brett, Messer, Schüssel, Pfanne, Zahnstocher

Zubereitung

Semmel in ganz kleine Würfel schneiden. Milch darüber gießen und durchmischen. Semmelwürfel ziehen lassen.

Zwiebel schälen, vom Bart zum Zipfel halbieren. Zwiebelhälften mit den Schnittflächen auf das Brett legen und in dünne Scheiben schneiden. Scheiben quer in Würfel schneiden.

In einem Topf oder einer Pfanne 1 Esslöffel Öl erhitzen, Zwiebel darin bei schwacher Hitze goldgelb rösten. Zwiebel auf einen Teller geben und auskühlen lassen.

Semmelwürfel ausdrücken, mit Faschiertem, Eiern, Zwiebel, Salz und Pfeffer vermischen.

Aus der Masse 3 cm große Bällchen formen und in Mehl wälzen.

In einer Pfanne 3 Esslöffel Öl erhitzen, Bällchen darin braun braten, dabei in der Pfanne herumrollen, damit sie gleichmäßig knusprig werden.

Bällchen auf Zahnstocher spießen.

Saltimbocca – „Spring in den Mund"

2 Portionen,

Zubereitung
ca. 35 Minuten

Zutaten

2 Kalbsschnitzel

1 Topf Salbei

1 Packung Parmaschinken (ca. 100 Gramm)

2 Esslöffel Butter

5 Esslöffel Weißwein

5 Esslöffel Kalbsfond (gibt es in Gläsern) oder Rindsuppe

Salz

Geräte:
Brett, Messer, Zahnstocher, Pfanne, Küchenwecker, Alufolie

Zubereitung

Schnitzel auf einem Schneidbrett auflegen und sanft, aber bestimmt flach klopfen. Sehr gut gelingt das mit dem Boden einer Pfanne. Schnitzel auf beiden Seiten wenig salzen. Auf jedes Schnitzel zwei Salbeiblätter und eine Scheibe Schinken legen und mit einem Zahnstocher feststecken – Zahnstocher wie beim Nähen auf und ab stechen.

Einen flachen Teller vorwärmen (heißes Wasser darüberlaufen lassen, dann gut abtrocknen).

In einer Pfanne die Butter bei mittlerer Hitze erwärmen, bis sie brutzelt. Schnitzel mit der Schinkenseite hineinlegen und 2 Minuten braten (Küchenwecker stellen). Schnitzel mit zwei Gabeln oder einer Küchenzange umdrehen und wieder 2 Minuten braten.

Schnitzel auf den Teller legen und mit Alufolie zudecken.

Den Wein in die Pfanne gießen und bei starker Hitze kochen, bis fast nichts mehr davon da ist (dabei verdampft auch der Alkohol).

Den Kalbsfond in die Pfanne gießen und aufkochen.

Die Schnitzel anrichten und mit dem Saft übergießen. Zu Saltimbocca isst man am besten (italienisches) Weißbrot.

Paulis Trick Nr. 1:
Das Salbeistöckerl liefert noch lange aromatische Blätter, wenn man es gut betreut: in ein passendes Schüsserl 2 cm hoch Wasser füllen, Topf hineineinstellen. Jeden Tag schauen, ob die Pflanze das Wasser aufgesaugt hat. Wenn keines mehr da ist, wieder nachgießen.

Paulis Trick Nr. 2:
Aus frischen Salbeiblättern kann man einen sehr gesunden Tee machen, der gut gegen Halsweh wirkt. (2 bis 3 Blätter in eine Tasse geben, kochendes Wasser darübergießen, 2 Minuten ziehen lassen. Blätter mit einem Löffel herausnehmen. Tee mit Honig süßen und möglichst heiß trinken.)

Paulis Trick Nr. 3:
Frische Salbeiblätter schmecken aber auch köstlich, wenn sie in Butter oder Olivenöl bei sanfter Hitze knusprig gebraten werden. Sie sind fein zum Knabbern oder unter Bandnudeln gemischt.

Überbackener Fenchel

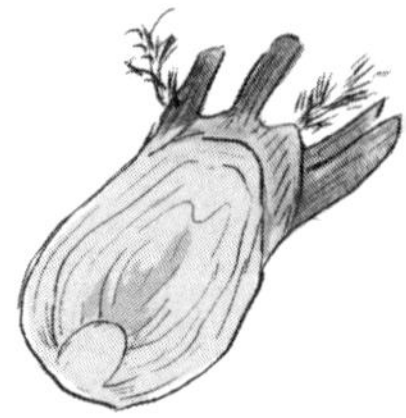

2 Portionen,
Zubereitung ca. 40 Minuten

Zubereitung

Fenchel waschen. Wenn die Knollen braune Stellen haben, die äußere Schicht abheben oder mit dem Sparschäler dünn schälen.

Stängel abschneiden, das Grün aufheben. Fenchel längs halbieren, den harten Strunk herausschneiden.

Fenchel in einen Topf geben und so viel kaltes Wasser zugießen, dass er knapp bedeckt ist. Zitronensaft und Salz zugeben. Topf zudecken, Fenchel aufkochen, dann die Hitze reduzieren und den Fenchel bei schwacher Hitze weich köcheln (dauert ca. 20 Minuten).

Inzwischen Petersilie abzupfen und klein schneiden. Zwiebel und Knoblauch schälen. Zwiebel vom Bart zum Zipfel halbieren. Zwiebelhälften mit den Schnittflächen auf das Brett

Zutaten

4 mittlere Fenchelknollen (etwa gleich groß)

1 Kaffeelöffel Zitronensaft

1 Bund Petersilie

1 kleine Zwiebel

2 Knoblauchzehen

2 Esslöffel Olivenöl

3 Esslöffel Brösel

150 Gramm Parmesan (frisch gerieben)

1 Dose Pelati

Salz

Geräte:
Brett, Messer, Topf, Siebschöpfer, Pfanne, Nudelsieb, feuerfeste Form, Backrohr mit Grill

legen und in dünne Scheiben schneiden. Scheiben quer in Würfel schneiden. Knoblauchzehen auch längs halbieren, in Scheiben, dann in ganz kleine Würfel schneiden.

In einer Pfanne Olivenöl erhitzen, Zwiebel und Knoblauch hineingeben und bei milder Hitze weich dünsten (dauert ca. 5 Minuten), dabei immer wieder umrühren. Brösel einrühren und bei mittlerer Hitze goldgelb rösten. Pfanne vom Herd nehmen, Petersilie und Parmesan einrühren.

Backrohr auf Grillstellung oder auf größte Hitze (nur Oberhitze, wenn möglich) vorheizen.

Paradeiser in ein Sieb leeren und abtropfen lassen. Von den Paradeisern den hellen, harten Strunk wegschneiden. Paradeiser in Stücke schneiden.

Paradeiser in einer feuerfesten Form verteilen. Fenchelhälften mit einem Siebschöpfer aus dem Wasser heben und kurz abtropfen lassen. Fenchel mit der Schnittfläche nach oben in die Form legen. Die Bröselmasse darauf verteilen. Ein wenig vom Fenchel-Kochwasser darüberträufeln.

Form auf der mittleren Schiene ins Backrohr schieben, Fenchel knusprig braun überbacken – dabei beobachten, denn unter dem Grill bräunt die Kruste sehr schnell.

Fenchelgrün abzupfen und fein schneiden. Form mit Topfhandschuhen aus dem Backrohr nehmen und auf eine hitzefeste Unterlage stellen. Fenchelhälften anrichten und mit dem Grün bestreuen.

Kakao – der Echte

1 Häferl,

Zubereitung weniger als 10 Minuten

Zutaten

1–2 Kaffeelöffel echtes Kakaopulver (ist im Unterschied zum Instant-Kakao ganz fein)

2–3 Kaffeelöffel Zucker

ca. ¼ Liter Milch

Geräte:
kleines Reinderl,
evtl. Stabmixer

Zubereitung

Kakao und Zucker mit ein wenig von der Milch in einem Häferl verrühren, bis keine Bröckerln mehr da sind. Restliche Milch aufkochen, den angerührten Kakao langsam hineingießen, dabei ständig rühren. Kakao einmal aufkochen und sofort vom Herd ziehen, damit er nicht übergeht. Kakao eventuell mit dem Mixstab schaumig aufschlagen und in ein Häferl gießen.

Spezial-Grippe-Limo

1 Glas,
Zubereitung ca. 15 Minuten

Zutaten

frischer Ingwer (ein 1 cm langes Stück)

1 Bio-Zitrone

1–2 Kaffeelöffel Kandiszucker

Geräte:
Brett, Messer, Wasserkocher

Zubereitung

Wasser zum Kochen bringen. Ingwer schälen. Zitrone heiß abwaschen. Ingwer und Zitrone in dünne Scheiben schneiden. Scheiben in ein hitzefestes Glas schichten und mit Kandiszucker bestreuen.

Kochendes Wasser über die Scheiben gießen, Limo 10 Minuten ziehen lassen, dann in ein anderes Glas gießen.

Paulis Trick:
Wer nicht an Ingwer gewöhnt ist, wem er zu scharf ist, der nimmt einfach nur die Hälfte davon. Weniger sauer schmeckt die Limo, wenn man statt Zitrone eine Bio-Orange nimmt.

Spätzle

Für 2 Portionen,
Zubereitung ca. 30 Minuten

Zubereitung

Mehl mit ½ Kaffeelöffel Salz in einer Schüssel vermischen, Milch, Eier und Öl zugeben. Mit den Knethaken des Handmixers zu einem glatten Teig verrühren (dauert ca. 3 Minuten).
In einem großen Topf ca. 3 Liter Wasser zustellen, Topf zudecken. Wenn das Wasser kocht, 1 Kaffeelöffel Salz zugeben. Den Teig in den Spätzle-Hobel füllen. Spätzle-Hobel auf den Topf legen. Den beweglichen Teil des Hobels (Schlitten) hin und her bewegen, dabei wird der Teig zu kurzen Spätzle abgeschnitten, die ins Wasser plumpsen. Wenn der Hobel leer ist, Teig nachfüllen. Immer wieder umrühren, damit die Spätzle nicht zusammenkleben. Spätzle ca. 2 Minuten (vom letzten Spätzle an gerechnet) bei schwacher Hitze kochen.
Spätzle in ein Sieb leeren, mit kaltem Wasser kurz überbrausen. Dann gemeinsam mit 1 Esslöffel Butter zurück in den Topf geben und aufwärmen, dabei vorsichtig umrühren.

Zutaten

250 Gramm glattes Mehl

100 Milliliter Milch

3 Eier

1 Esslöffel Öl

Salz, Butter

Geräte:
Schüssel, Handmixer mit Knethaken, Topf, Spätzle-Hobel, Nudelsieb

Spinatspätzle mit Schinken

2 Portionen,
Zubereitung ca. 25 Minuten

Zutaten

200 Gramm glattes Mehl

1 kleine Packung passierter Tiefkühl-Spinat (aufgetaut)

4 Eier

80 Milliliter Milch

1 Esslöffel Öl

50 Gramm Schinken

50 Milliliter Schlag- oder Kaffeeobers

100 Gramm Parmesan (frisch gerieben)

Salz

Geräte:
Schüssel, Handmixer mit Knethaken, Topf, Spätzle-Hobel, Nudelsieb, Reibe

Zubereitung

Vom Spinat die Flüssigkeit abgießen. Dem Spätzle-Rezept links folgen. Aber Achtung: Zusätzlich zu Mehl, Salz, Milch, Eier und Öl wird hier auch der Spinat dazugemischt. Sind die Spätzle fertig gekocht, nicht mit Butter (wie in der Anweisung links), sondern mit Obers zurück in den Topf geben und aufwärmen, dabei immer wieder umrühren. Schinken in kleine Würfel schneiden. Parmesan reiben.

Paulis Trick:
Um den Spinat schonend aufzutauen, legt ihn Pauli in ein Sieb, stellt es in eine Schüssel und deckt es mit Frischhaltfolie zu. Spinat über Nacht im Kühlschrank auftauen lassen. Die Flüssigkeit kann man weggießen, wenn man den Spinat für grüne Nockerln verwendet.

Erklärungen für einige Ausdrücke, die vielleicht nicht alle kennen:

Abwasch: Spüle
al dente: bissfest
ang'rührt: beleidigt
aufpudeln: sich wichtig machen
Baba!: Tschüss!
Bartwisch: Handfeger
Beserlpark: kleiner Park
Billigsdorfer: Ramschladen, Ein-Euro-Laden
Bim: Straßenbahn
Binkerl: Päckchen
Biskotten: Löffelbiskuit
Blunze: Blutwurst
blunzen: egal
borniert: eingebildet, beschränkt
Brause: Dusche, Duschkopf
Brösel: Krümel, Paniermehl
Budel: Theke
Busserln: Makronen (eigentlich Küsse)
Das geht dich einen Schmarrn an!: Das geht dich gar nichts an! (Schmarrn ist eigentlich eine Süßspeise.)
Das kannst der Wetti-Tant' einreden!: Das kannst du deiner Großmutter erzählen!
deppert: doof
Depp: Dummkopf
dozieren: vortragen, unterrichten
Drahtwaschel: Abwaschschwamm aus Draht
Eigelb: Eidotter
Eiklar: Eiweiß
Eissalon: Eisdiele
en détail: im Einzelnen (französisch)
Erdapfel, Erdäpfelpüree: Kartoffel, Kartoffelbrei
Erdäpfelschmarren: Kartoffelgericht
expedieren: befördern, abschicken
Faschiertes: Gehacktes
Filzschlapfen: Filzpantoffel

fladern: stehlen
Flankerl: Fussel
Fleck: im Österreichischen auch Schulnote „Nicht genügend“
Fleckerln: kleine, fast quadratische Teigwaren
Frankfurter: Wiener Würstchen
futsch: weg
Fuzerl: Fussel, Kleinigkeit
Gackerl: Kothaufen
Gänsehäufel: ein Freibad in Wien, an der Alten Donau gelegen
Gatsch: Matsch
Gemeindebau: von der Gemeinde errichtetes Wohnhaus
Gfries: Schimpfwort (eigentlich Gesicht)
Glumpert: wertloses Zeug
gnä' Frau: gnädige Frau (höfliche Anrede)
grapschen: greifen
Grätzl: Nachbarschaft, Umgebung
grauslich: eklig, hässlich
Gschaftlhuber: Wichtigtuer, Hansdampf in allen Gassen
Haderlump: Lump, Verbrecher
Häferl: Tasse
Haube: Mütze
Häuptl Salat: Salatkopf
Haxen: Fuß, Bein
Hendl: Huhn
hinterfotzig: hinterlistig
Janker: Jacke
jappeln: traben, gehen
Jause: Zwischenmahlzeit, Schulbrot
jemanden pflanzen: jemanden auf die Schaufel nehmen
kletzeln: kratzen, pulen
komplettieren: fertig stellen, ergänzen
Körberl: kleiner Korb
Knoblauchhäuptl: Knoblauchknolle
Krautfleisch: Gericht aus klein geschnittenem Schweinefleisch und Sauerkraut
Kren: Meerrettich
Kretin: Idiot
Kübel: Eimer

Krügel: Biermaß 0,5l
Lass mich in Kraut!: Lass mich in Ruhe!
latschen: langsam und nachlässig gehen
Lausmensch: abfällige Bezeichnung für ein Mädchen
Lokus: Toilette
Malheur: Missgeschick
Marille: Aprikose
Matura: österreichisches Abitur
meschugge: blöd
Nackerbatzl: Nackedei
Nudelwalker: Nudelholz
Obers: Sahne
Ohrwaschel: Ohrmuschel
Palatschinke: dünner Pfannkuchen
Pappen halten: Maul halten
Paradeiser: Tomaten
Parterre: Erdgeschoß
Patschachter: ungeschickter, hilfloser Mensch
Penne: kurze hohle Nudeln
Pelati: geschälte, eigentlich enthäutete Tomaten
picken: ankleben
Plafond: Zimmerdecke
Plaid: dünne Wolldecke
Prater: großer Vergnügungspark in Wien
Pratzen: (große) Hände, Pfoten
Rahm: Sahne
Ratschen der Schulglocke: Läuten/Geräusch der Schulglocke
Raunzen: jemand, der raunzt (= jammert)
Rehrattler: Rehpinscher (Hunderasse)
Reinderl: kleine Kasserolle
Reindl: niederer Kochtopf
Rotzpipn: Schimpfwort für ein Kind
Sackerl: Tüte, Beutel
Salbeistöckerl: Salbeipflanze in einem Blumentopf
Schani-Garten: Gastgarten auf dem Bürgersteig
Schank: Tresen
Schasquastl: Schimpfwort

Schlagobers, Kaffeeobers: Schlagsahne, Kaffeesahne
sich schleichen: sich davonmachen
Schmarren: eine Süßspeise oder ein Kartoffelgericht; auch eine Bezeichnung für wertloses Zeug, Unsinn
Schnecken!: Nichts da!
Schnepfe: (mildes) Schimpfwort
Schrebergarten: Kleingarten
schupfen: werfen, in der Luft wenden
Seicherl: Feigling (eigentlich ein kleines Sieb)
Semmel: helles Brötchen
Semmelbrösel: Paniermehl aus geriebenen Semmeln
Stanitzl: Tüte
Steige: Obst-/Gemüsekiste
Steirisches Wurzelfleisch: ein Gericht aus Schweinefleisch und Gemüse
Stockerl: Hocker
Thymianstöckerl: Thymianpflanze in einem Blumentopf
Topfen: Quark
Topfenknödel: süße Quarkklöße
Topfenkolatschen: süßes Gebäck mit Quarkfüllung
Trafik: Tabakwaren- und Zeitungsladen
Tratschen: Klatschtante
Umurke: unsympathischer Mensch
ungustig: unappetitlich
Ungustl: unangenehmer Mensch
Unterleiberl: Unterhemd
ur-: Wienerisches Steigerungswort
Wachauer Laberl: ein würziges Brötchen mit Kümmel
wacheln: wedeln
Wadschinken: Rinderwade
Watschen: Ohrfeige
wurscht: egal
Zahnfistel: Schimpfwort, eigentlich: Vereiterung an der Zahnwurzel
zizerlweise: häppchenweise
Zwetschkenröster: Pflaumenkompott
Zwiebelhäuptl: Zwiebelknolle